Benny Barbash est né à Beer-Sheva, en Israël en 1951. Dramaturge, écrivain et scénariste pour la télévision et le cinéma, il vit actuellement à Tel-Aviv. Il est l'un des fondateurs du mouvement La Paix Maintenant.

DU MÊME AUTEUR

My First Sony
Zulma, 2008
et « Points », n° P2644

Monsieur Sapiro
Zulma, 2012

Benny Barbash

LITTLE BIG BANG

ROMAN

Traduit de l'hébreu
par Dominique Rotermund

Zulma

TEXTE INTÉGRAL

Published by arrangement with the Institute
for the Translation of Hebrew Literature

ISBN 978-2-7578-3065-9
(ISBN 978-2-84304-528-8, 1re édition)

1

Y a-t-il une cause à tout ?

Mon père est gros. Ou plutôt, il l'était, jusqu'à ce que des choses étranges lui arrivent, tellement étranges que le lecteur se refusera à croire qu'elles aient effectivement pu se produire. Mais je n'en parlerai que plus tard, le moment venu. Pour l'heure, il ne s'est encore rien passé.

Revenons-en donc à mon gros de père. En réalité, tout a commencé par son embonpoint, avant même qu'il ne se soit produit quoi que ce soit. C'est toujours le cas des phénomènes soudains qui ne sont engendrés par aucun événement déclencheur.

Cette affaire de phénomènes qui surgissent à un moment donné, sans être précédés par un événement fondateur, est très difficile à comprendre. La plupart des gens – qui, d'après mon grand-père, sont complètement bouchés – sont habitués à ce qu'un événement précède, ou succède à un autre, de la même façon que le vendredi précède le shabbat ou que l'on se rende aux toilettes après avoir mangé.

Ou encore, autre exemple : lorsqu'on jette un caillou en l'air – lequel se déplace à la vitesse de 11 kilomètres/seconde, ce qui correspond plus ou moins à la vitesse d'échappement de la Terre –, ce dernier aura parcouru une certaine distance avant d'emprunter le chemin inverse. Sa chute est absolument inéluctable et ne dépend ni de ma volonté ni de celle du caillou. Et si, par hasard, le caillou était doué de raison et pensait ne tomber que sous l'effet de sa propre volonté, il serait entièrement dans l'erreur, comme le sont tant de personnes qui pensent agir de leur propre fait, alors qu'en réalité, elles n'ont rien choisi du tout. Ainsi le caillou tombe-t-il, lui aussi, parce qu'il n'a pas le choix. Mais quitte à tomber, il préfère encore se dire qu'il s'agit d'un acte volontaire. Sans quoi toute cette histoire de chute serait bien déprimante.

Bien entendu, il existe des exemples de chaînes événementielles bien plus longues, composées d'une succession de faits liés les uns aux autres. Par exemple, si vous craquez une allumette (1), et que vous l'approchez trop de l'épaisse natte de Tali, assise devant vous en classe (2), la natte va prendre feu (3), et très rapidement, Tali va bondir de sa chaise (4), en hurlant que sa tête est en feu (5), et de tous côtés, les élèves déverseront des bouteilles sur elle, afin d'éteindre l'incendie (6), le professeur vous enverra dans le bureau du directeur (7), lequel convoquera vos parents (8), qui se montreront très déçus par votre comportement (9), et vous apprendrez qu'à l'école, on ne met pas le feu aux nattes des filles et qu'on attend au moins, pour ce faire, la fin des cours (10).

N'allez pas vous imaginer que j'aie moi-même fait cela. C'est juste un exemple de succession d'événements en dix étapes, le premier entraînant le deuxième et ainsi de suite jusqu'à l'infini. Et d'ailleurs, même la première étape n'est pas vraiment l'étape initiale. On pourrait faire remonter toute cette chaîne à l'invention de l'allumette ou à la maîtrise du feu par l'homme, il y a des millions d'années.

Il arrive parfois qu'un événement survienne de façon soudaine, sans aucune explication logique. Du fait de la rareté de ce cas de figure – jusqu'à l'histoire de Papa, il n'en existait qu'un seul autre exemple, survenu il y a près de quatorze milliards d'années et appelé Big Bang –, la plupart des gens sont incapables de le comprendre. Ils se sentent toujours obligés de donner une explication à ce qui n'en a pas et finissent bien souvent par crier au miracle, argument auquel on a recours pour décrire l'inexplicable. La vérité, c'est que les miracles n'existent pas, peu importe le nombre de gens convaincus de leur existence, qui vont même jusqu'à croire qu'ils en ont connu un certain nombre, eux, personnellement.

Voici quelques exemples, présentés par ordre croissant :

1. Vous venez de regarder le clip de Hadag Hanakhash sur la chaîne 24 et, quelques instants plus tard, en descendant dans la rue, vous croisez une voiture qui diffuse cette même chanson, au volume maximum. Ce n'est pas un miracle, ça, peut-être ?

2. Vous n'avez pas fait vos devoirs pour le cours de Bible et avez passé la nuit à prier pour que la prof meure et voici qu'au matin, sur le chemin de l'école,

cette dernière est tuée dans un accident de la route. Vous voilà en présence d'un miracle du même ordre que celui de Hanoucca[1].

3. Vous marchez dans la rue Ibn-Gabirol, non pas sur la partie du trottoir abritée par les avant-toits des immeubles, mais sur celle qui est découverte (chose qu'il n'est pas recommandé de faire), lorsque le bac à fleurs d'une amoureuse de la nature, qui ne brille pas par la solidité de son système de fixation, se détache soudain du balcon du troisième étage et fonce vers le sol, en accélérant de 9,8 mètres/seconde. Lorsqu'il vient s'écraser sur la tête de l'homme qui marche juste derrière vous, il a déjà atteint la vitesse moyenne de 60 kilomètres/heure. Si le malheureux, des géraniums plantés dans ce qui lui reste de cerveau, pouvait penser, nul doute qu'il ne songerait pas à un miracle. Alors que vous, qui marchiez cinquante centimètres devant lui, pouvez parler d'un grand miracle. Si vous aviez débuté votre journée une seconde plus tôt, le pot de fleurs serait tombé sur votre tête *à vous*.

On peut tirer un enseignement très intéressant de ces deux derniers exemples, à savoir que le miracle et la catastrophe forment bien souvent les deux côtés d'une même médaille. Le salut des uns intervient aux dépens de la santé des autres. De même, le miracle, loin d'être de nature scientifique, relève du

1. Symbole de la résistance spirituelle juive, la fête de Hanoucca, qui est célébrée durant huit jours, commémore la consécration du Temple de Jérusalem par les Juifs, levant de fait l'interdiction de culte instaurée par les Grecs.

domaine de la foi et dépend du côté de la médaille où l'on se trouve, au moment où il vous arrive.

J'en ai appris long sur cette question de Miracle versus Vérité scientifique, en entendant ma grand-mère maternelle, rescapée de la Shoah, se disputer avec Papy, le père de mon père, astrophysicien de renommée mondiale.

C'est ce dernier qui m'a expliqué que je n'avais rien à gagner à trop m'approcher d'un trou noir, car je serais attiré vers lui à une vitesse et avec une puissance telles que je me retrouverais étiré comme un spaghetti, plusieurs centaines de kilomètres séparant mes jambes de ma tête, avant de revenir, en une fraction de seconde, au point singulier, c'est-à-dire plus ou moins au centre du trou noir. Où je serais comprimé en un point tellement minuscule, qu'en comparaison, un virus ressemblerait à la tour Azrieli[1].

C'était justement l'époque où Papa se contraignait à suivre l'un de ses nombreux régimes. En entendant Papy me parler du trou noir, il déclara qu'il s'agissait là, sans nul doute, du régime amincissant le plus rapide et le plus efficace au monde. Mais son enthousiasme fut vite refroidi lorsque Papy rétorqua qu'il ne lui conseillait vraiment pas de recourir à cette solution pour régler son problème d'embonpoint. Son volume serait certes réduit à des proportions microscopiques, mais son poids, lui, s'élèverait à plusieurs tonnes.

1. Les tours Azrieli forment un célèbre complexe de gratte-ciel à Tel-Aviv. La plus élevée d'entre elles mesure 187 mètres.

Le plus triste avec cette histoire de trou noir, c'est que, même si quelqu'un vous suivait des yeux à l'aide de télescopes ultraperfectionnés, et que vous vous trouviez exposé aux feux d'un projecteur surpuissant, personne ne pourrait saisir l'instant où vous aurez commencé à être aspiré dans le trou. Car ce dernier vous aspire vous, votre apparence et jusqu'aux rayons de lumière qui vous éclairent. Cette obscurité est la composante la plus terrifiante du trou noir.

Mais revenons à nos moutons, en l'occurrence aux histoires de miracles de Grand-mère, grâce auxquels elle a réussi à survivre à la Shoah, à condition, comme dirait Papa, de fermer les yeux sur ses multiples névroses, dont il n'est d'ailleurs absolument pas prouvé qu'elles soient liées à la Shoah. Il paraît que la famille de Grand-mère a compté pas mal de frappadingues, bien avant l'arrivée des nazis au pouvoir. Il est donc tout à fait possible que ce problème soit davantage héréditaire que causé par les circonstances extérieures.

Au début, lorsque nous étions enfants et que Maman était jeune elle aussi, Grand-mère ne nous racontait rien. Tout juste savions-nous qu'elle avait vécu la période de la Shoah. Puis, il y a quelques années de cela, Maman prit part à un atelier animé par des psychologues et destiné aux personnes de la deuxième génération. Les psychologues expliquèrent aux participants que leurs vies étaient entièrement fichues, même s'ils ne s'en rendaient pas compte, et qu'ils étaient tous tristes et déprimés quand bien même ils se croyaient heureux, car la souffrance de leurs rescapés de parents leur rongeait le cerveau. En particulier lorsque les parents avaient mis un point d'honneur à garder obstinément le silence, sans jamais laisser échapper le moindre mot, afin d'épargner leur passé à la génération suivante.

Cependant, aussi lourd soit-il, aucun rideau de silence ne parvient à étouffer de telles souffrances. La sensibilité à fleur de peau des enfants les perçoit, de même que les radars de la Nasa perçoivent les étoiles pulsantes, qu'il est pourtant absolument impossible de voir. On ne peut que ressentir leurs ondes électromagnétiques.

L'unique façon de panser d'anciennes blessures, jamais vraiment cicatrisées, c'est de faire surgir la parole. Les personnes de la deuxième génération se doivent de faire parler les rescapés, afin que ces derniers mettent en mots cette expérience profondément enfouie en eux. Car ce qui est dit fait toujours moins mal que ce qui est tu.

Cette dernière phrase résume ce qui est écrit sur la feuille que Maman rapporta à la maison, phrase avec laquelle, personnellement, j'ai bien du mal à être d'accord. Il y a un nombre incalculable de choses que je préfère garder pour moi et ne pas crier sur les toits, même si Torquemada en personne cherchait à m'extorquer une confession.

À la fin de l'atelier, tous les participants assistèrent à une expérience intéressante : le face-à-face entre un homme de la deuxième génération et sa mère rescapée qui ne lui avait jamais rien raconté jusqu'à ce jour. Pour la première fois, ils évoquèrent en sanglotant son passé à elle et tombèrent dans les bras l'un de l'autre, alors que durant toute son enfance, elle ne l'avait jamais touché. À l'exception de toutes les sévères raclées qu'elle lui avait administrées.

Cette expérience impressionna grandement Maman, qui avait, elle aussi, reçu bon nombre de corrections de la part de Grand-mère dans son enfance. Elle rentra à la maison, convaincue de la nécessité d'organiser, à son tour, la même expérience dans notre famille.

Sauf que dans notre cas, personne ne versa une larme ni ne s'embrassa. Les participants de notre atelier familial ne discutèrent pas toujours très poliment, et de temps à autre, les rescapés se faisaient copieusement engueuler par les non-rescapés et inversement.

Convaincre Grand-mère de participer à cet atelier n'avait pas été chose aisée. À force de supplier Grand-mère de laisser enfin sortir les fantômes du placard, Maman avait presque fini par l'exaspérer. Si ce n'était pour elle, alors au moins pour ses petits-enfants, car enfin, elle ne rajeunissait pas et finirait par emporter dans la tombe tout ce passé qui rongeait non seulement la deuxième génération, mais s'attaquait également à la troisième et à la quatrième.

Tes propres petits-enfants porteront en eux une souffrance qu'ils ne pourront pas même nommer, parce qu'ils en ignoreront tout, et c'est bien la pire chose qui soit. Grand-mère rétorqua qu'une souffrance sans nom est parfois préférable à une souffrance avec nom. Mais il faut avoir été *là-bas* pour le comprendre. Maman lui répondit que c'était justement de cela dont il était question : comment pouvait-elle comprendre ce dont Grand-mère parlait, si celle-ci ne lui en parlait pas en premier lieu.

Et comme Grand-mère ne se montrait toujours pas convaincue, Maman évoqua les enseignements importants que l'on pouvait tirer de ce passé, afin que de telles choses ne se reproduisent plus. Grand-mère devint toute triste et lui demanda quel genre d'enseignement on pouvait bien tirer de cet enfer, qui fut un événement unique dans l'Histoire. La seule leçon que l'on pouvait en tirer était justement qu'il était interdit d'en tirer une quelconque leçon. Une telle chose ne pouvait tout simplement pas se reproduire. Mais Maman s'entêta, déclarant que c'était précisément là le cœur de l'affaire : que s'était-il donc passé qu'il était interdit de voir se reproduire ? Grand-mère répliqua qu'alors, l'époque était complètement différente, sans comparaison avec celle d'aujourd'hui. Les Juifs n'avaient pas encore d'État pour les protéger. Ils étaient dispersés sur les cinq continents et tous les *goyim* les détestaient.

« Et ce n'est pas le cas aujourd'hui, peut-être ? s'écria Papy. Où est la différence ? On s'est entiché de nous entre-temps ? Non ! Tout le monde continue de nous haïr et peut-être même plus qu'avant. » Grand-mère répliqua qu'aujourd'hui, au moins, nous étions rassemblés sur notre terre, à même de nous défendre, mais Papy lui expliqua qu'une telle concentration de population sur un territoire si réduit jouait justement en notre défaveur. Durant la Shoah, la dispersion des Juifs avait représenté, pour nos ennemis, un défi organisationnel et technologique conséquent : comment rassembler tous les Juifs d'Europe ? Comment contraindre tout le monde à se rendre à la douche ? Comment maintenir la cadence sans que le rendement ne s'effondre ? Comment brûler d'énormes quantités de corps, sans que les fours crématoires ne saturent ? Que faire des montagnes de cendres ? Ce genre de problème n'existe plus de nos jours, car nous sommes tous plus ou moins rassemblés au sein d'un camp de concentration de taille moyenne, bordé d'un côté par un mur géant, sorte de poignard divisant en deux le cœur du pays, et de l'autre par la mer. Sans parler de la bombe nucléaire qu'Ahmadinejad nous enverra sur la tête. Tout le pays sera transformé d'un coup en un immense four crématoire, avec des températures que la société Topf et Fils, conceptrice des fours crématoires d'Auschwitz, n'avait jamais osé espérer atteindre dans ses rêves les plus fous. À l'époque, ils parvenaient à grand peine aux 1 500 degrés, ce qui ne suffit pas pour détruire les grands os du bassin, alors que l'explosion nucléaire de la bombe qui tombera sur Gush Dan atteindra, elle, les 5 000 degrés. La tâche que Hitler n'était pas parvenu à accomplir en trois ans sera achevée en trois secondes, sans aucune logistique complexe et onéreuse.

Cette description fit forte impression sur Grand-mère, qui demanda à Papy s'il croyait que c'était ce qui allait se produire. Il lui répondit que si le pays ne se dotait pas sous peu d'un dirigeant de l'envergure de Begin, les couilles de Churchill et la conscience de Ben Laden en sus, en bref un dirigeant qui n'hésite pas à lancer une frappe préventive sur Téhéran, alors oui, c'était ce qui allait se produire et qu'on ne vienne pas lui dire qu'il n'avait pas prévenu.

Ce furent ces paroles qui convainquirent Grand-mère de renoncer à son droit au silence et d'ouvrir sa boîte de Pandore personnelle. Nous regrettâmes rapidement de ne pas l'avoir laissée dans son silence. Car, dès l'instant où elle ouvrit et la bouche et la boîte, des horreurs en jaillirent comme les eaux du geyser Old Faithful dans le parc de Yellowstone, sans qu'il fut possible de refermer ni l'une ni l'autre.

On peut se préparer au spectacle de l'Old Faithful, dont on sait qu'il jaillit toutes les 91 minutes, envoyant 25 000 litres d'eau à 35 mètres d'altitude pendant 5 minutes. Mais aucune règle ne s'applique dans le cas de Grand-mère, dont il est toujours difficile de prévoir la prochaine éruption.

Plusieurs soirées durant, devant la caméra de Papa, Grand-mère nous raconta ses souvenirs de cette époque terrible et pour finir, la famille tout entière effectua un pèlerinage vers sa terre natale. Nous nous rendîmes partout où Grand-mère s'était cachée. Le point d'orgue du voyage fut la visite d'Auschwitz, adoucie par deux jours de détente à Eurodisney. Ce n'est pas raisonnable de laisser les enfants terminer leur voyage sur un souvenir aussi accablant avant de rentrer en Israël, avait déclaré Papa. Maman, qui n'était pas d'accord, avait répliqué qu'on ne mélangeait pas les torchons et les serviettes.

Le problème majeur de notre « atelier Shoah » familial était que la mère de Maman ne se souvenait pas de grand-chose. Elle était toute petite au moment où les nazis avaient tué ses parents et ce traumatisme avait apparemment effacé une grande partie de sa mémoire. Mais elle se rappelait parfaitement toutes ces occurrences incroyables où elle avait failli se faire prendre, avant d'être miraculeusement sauvée.

D'année en année, les miracles de Grand-mère prirent davantage d'importance dans son récit et à chaque fois qu'elle s'émouvait au sujet de l'un d'eux – « s'il ne s'était pas produit, vous (c'est-à-dire moi, ma sœur et ma mère) ne seriez pas nés » –, Papy s'énervait, bien que ce ne soit pas bien, mais alors vraiment pas bien du tout, de s'énerver contre une rescapée de la Shoah, en particulier quand leurs pensions sont rognées et que le gouvernement attend avec impatience que tout le monde soit mort pour en finir.

Il y a néanmoins des limites aux bêtises qu'un scientifique est disposé à entendre, même si elles émanent de la bouche d'une rescapée de la Shoah contre laquelle on n'a pas le droit de se mettre en colère, puisqu'elle n'est pas responsable de son état. Et ainsi, malgré les signes de son épouse – mon autre grand-mère – pour lui signifier de se taire et ne pas se lancer à nouveau dans cette éternelle querelle, Papy ne parvenait pas à se contenir et expliquait, sur un ton railleur, que la médaille du miracle de ma grand-mère rescapée avait un revers, celui des six millions de Juifs assassinés. Qu'elle veuille donc bien lui expliquer de quel miracle elle parlait, si, de l'autre côté, un million d'enfants avaient été brûlés ?

Ma grand-mère rescapée démarrait au quart de tour. Avait-il le culot de l'accuser, elle, d'être responsable de cette catastrophe ? Grand Dieu, non, répondait-il, il ne l'accusait nullement d'être responsable de ce qui s'était produit, ni de ce qui ne s'était pas produit et aurait peut-être dû se produire, mais ce n'était pas une raison pour que la terrible souffrance infligée par un peuple à un autre vienne alimenter ces histoires de miracles, voilà tout.

Ces paroles blessaient évidemment Grand-mère, qui lui rétorquait que c'était facile à dire, pour lui. À l'époque, il se trouvait *ici*, lui. Seul celui qui avait été *là-bas* pouvait comprendre ce qui s'y était passé. Papy répliquait que, grâce à Dieu, il n'avait pas été obligé de se trouver là-bas. Mais il n'en demeurait pas moins certain d'une chose : les lois de la physique sont immuables, et valables ici tout comme là-bas, de même que sur toutes les autres planètes de l'univers, y compris celle que Katzetnik[1] évoqua lors du procès Eichmann. Là où prévalent les lois de la physique, il n'existe aucun miracle, uniquement des faits.

Grand-mère partait alors en guerre. S'il avait raison, qu'il daigne donc, à l'aide de ses lois de la

1. Écrivain né Yehiel Feiner (16 mai 1909-17 juillet 2001), survivant de la Shoah, qui a utilisé comme nom de plume le terme de Katzetnik – signifiant littéralement « détenu (dans un camp de concentration) » – formé à partir de l'abréviation du mot allemand *Konzentrationslager*, « KZ », et du suffixe russe « -nik ». Son œuvre majeure est le roman *la Maison des poupées*, paru en 1956, et qui décrit les conditions de vie d'un groupe de Juifs dans un camp de concentration nazi.

physique, lui expliquer au moins trois faits : cette fois où elle avait manqué être découverte dans le grenier, alors qu'elle était couchée sous une botte de foin. Les soldats tiraient dans le foin et une seconde avant qu'ils ne parviennent à elle, le commandant avait soudain donné l'ordre du départ.

Et cette autre fois, alors qu'elle mourait de faim sous un pont, non loin de Peshmishl, quand une caisse remplie de conserves était tombée d'un camion d'approvisionnement qui empruntait le pont.

Cette troisième histoire, enfin : alors qu'elle était sur le point d'être entraînée dans les marches de la mort, les bombardements de l'armée russe qui approchait s'étaient fait entendre, les Allemands étaient remontés dans le camion et s'étaient enfuis.

Si toutes ces histoires ne relevaient pas du miracle, de quoi s'agissait-il donc ? concluait-elle, un sourire victorieux aux lèvres. Nous nous empressions tous de l'approuver, à l'exception de Papy, tout en tournant les yeux vers ce dernier pour entendre sa sempiternelle réponse. Les occurrences citées par Grand-mère ne relevaient pas du miracle, mais d'une simple coïncidence statistique, que l'on pouvait expliquer de façon scientifique grâce à la « loi des grands nombres ». Laquelle affirme que, sur un large échantillonnage donné, des événements relativement improbables se produisent à une fréquence élevée. Puisqu'un miracle est un événement tout à fait exceptionnel, qui se produit, disons, une fois sur un million, chacun de nous est susceptible d'être témoin d'un miracle environ deux fois par mois.

Le calcul était très simple et Papy se lançait dans une démonstration que personne ne parvenait jamais vraiment à comprendre : à l'état d'éveil, un homme vit environ un événement intérieur par seconde, ce qui, sur trente jours, revient à un million sept cent mille événements de ce genre. Si l'on y ajoute les rêves, le nombre d'événements intérieurs s'élève alors à plus de deux millions par mois. Lorsqu'on évoque des nombres de cet ordre de grandeur, la probabilité de voir l'un de ces événements intérieurs coïncider avec une circonstance extérieure est très élevée. La conjonction fortuite des deux événements donne alors le sentiment d'être en présence d'une manifestation miraculeuse : durant la Shoah, une petite fille affamée se cache sous un pont qu'empruntent chaque jour d'innombrables camions d'approvisionnement, car c'est là l'unique route possible, et voici justement qu'une caisse tombe de l'un d'eux, tout comme de nombreuses autres caisses sont certainement tombées d'autres camions.

Autre exemple : une mère rêve que son fils, soldat, est tombé au Liban. Elle est réveillée par des envoyés de l'armée qui sonnent à sa porte. Mais c'est cependant une autre famille que ces militaires recherchent, à un étage différent.

En réalité, avec de tels ordres de grandeur, l'unique miracle réside dans le fait qu'il ne s'en produise pas davantage.

Et Papy de conclure en expliquant qu'avec un peu de mathématiques, on peut calculer les occurrences précises de ces coïncidences. À condition bien entendu d'avoir l'intelligence nécessaire, ce dont la majorité des hommes qui peuplent cette terre sont dépourvus. Et tout particulièrement ceux qui se trouvent justement dans cette pièce et qui constituent un échantillon représentatif de l'état déplorable des sciences exactes en Israël, sous l'impulsion douteuse de Madame la Ministre, le Professeur Yuli Tamir, certainement issue des futiles sciences humaines.

Mon autre grand-père, le mari de la rescapée, s'empressait de déclarer que l'éducation nationale était en meilleur état du temps de Limor Livnat et l'astrophysicien de reconnaître que, même dans son camp, il y avait des imbéciles, à qui la faute ? Une vision politique pertinente n'est pas l'apanage de l'intelligentsia et il arrive parfois que les gens soient dans le vrai pour de mauvaises raisons.

Mais il se refusait à entrer dans ce débat. Il voulait simplement mettre un terme, une bonne fois pour toutes, à cette théorie des miracles qui pervertit le bon sens de la société israélienne, avec tous ces sages et ces gourous qui poussent comme des champignons après la pluie et qui jouissent de la reconnaissance et de l'estime, non seulement des imbéciles et des rustres, mais également de personnalités en vue du monde politique, financier et économique, qui les consultent comme autant de guides spirituels.

Bien que ce discours sur la loi des grands nombres nous soit familier pour l'avoir entendu des millions de fois, le miracle tant espéré ne se produisait jamais. Même à la millionième fois, nous ne comprenions rien aux explications de Papy, dont la logique persistait à nous échapper, à l'instar de cette autre hypothèse selon laquelle nous serions tous des imbéciles.

La plupart des gens ne peuvent pas comprendre que rien n'ait préexisté au Big Bang et que tout ait commencé d'un coup, après cette explosion aussi puissante que plusieurs milliards de bombes nucléaires simultanées : la matière, la délimitation de la matière et même le temps.

Les idiots, qui sont majoritaires, s'entêtent à demander : « Mais s'il y a eu explosion, il doit bien y avoir eu quelque chose avant, non ? » Cette question en dit long sur la sottise des gens. Ce n'est pas moi qui l'affirme, c'est mon grand-père, l'astrophysicien. Et il a raison. À mon avis, ce sont tous des imbéciles. Parce que si l'on vous explique des millions de fois que rien ne préexiste à un événement donné et que vous continuez à faire les yeux ronds en répétant encore et encore, comme si vous étiez je ne sais quel grand savant, que s'il y a eu quelque chose, il faut bien qu'il y ait eu quelque chose d'autre auparavant, alors même qu'on vous a déjà répondu, vous êtes tout simplement limité. Là encore, c'est Papy qui le dit, mais, je le répète, je suis d'accord avec lui. Cela revient à poser un zéro à droite d'un autre zéro, en pensant accroître ou diminuer le chiffre de départ.

Parfois, histoire de clouer le bec aux imbéciles et mettre un terme au débat, Papy déclare que le point singulier a précédé le Big Bang. Les imbéciles se taisent aussitôt et affichent un sourire satisfait, alors qu'ils ignorent, bien entendu, de quoi il s'agit. Mais ils n'en sont pas moins rassérénés de savoir que quelque chose qui porte un nom a bel et bien existé avant l'expansion de l'univers, même si ce quelque chose est de la taille d'un point qui, en réalité, n'a pas de dimension et dont nous ne parviendrons jamais à saisir la nature.

Moi-même je n'ai pas vraiment compris cette histoire de point singulier, mais je n'en ai rien dit à Papy afin de ne pas décevoir son impression d'avoir un petit-fils brillant, porteur du potentiel nécessaire pour être un scientifique. Car il est très rare qu'il pense ce genre de chose de quelqu'un.

Ce qui est arrivé à Papa ressemble un peu à l'histoire du Big Bang, même si Maman affirme que c'est plus étonnant encore. Celui qui serait davantage familier avec le cas de Papa qu'avec celui du Big Bang risquerait donc d'en venir à des conclusions absurdes. Alors que du Big Bang a surgi l'univers tout entier, seul un olivier est né de l'oreille de Papa.

Mais nous discuterons de cela plus tard, lorsque l'arbre aura commencé à pousser.

2

Ce qui définit un « gros »

Nous n'étions pas tous d'accord sur le fait que Papa était gros. Ainsi, lorsque ce dernier demandait deux fois par jour à Maman si elle le trouvait gros, celle-ci le regardait d'abord très attentivement, comme pour vérifier quelque chose, avant de retourner aux pommes de terre ou au concombre qu'elle était en train d'éplucher, ou de se replonger dans son livre. Puis, sans même lui accorder un regard, elle déclarait que non, il n'était pas gros. Tout au plus un peu enveloppé.

« Alors pourquoi me réponds-tu sans me regarder ? » lui demandait Papa, offensé. Elle rétorquait que, premièrement, si elle ne préparait pas la salade, personne ne le ferait à sa place, deuxièmement, elle l'avait effectivement regardé et, troisièmement, elle le connaissait si bien que, même sans le regarder – mais qu'il n'y ait ici aucun malentendu, elle l'avait bel et bien regardé – elle savait parfaitement de quoi il avait l'air, parce qu'elle ne le connaissait pas d'hier et que les gens ne changent pas du jour au lendemain, ni même d'une semaine sur l'autre. Quatrièmement, enfin, elle était tellement habituée à cette question, qu'il lui posait au moins dix fois par jour, qu'elle n'avait pas besoin de réfléchir à chaque fois avant de lui répondre.

« Je la connais déjà par cœur ta réponse, répondait Papa, déçu.

– Pourquoi me poser la question, alors ?

– Parce que j'espère toujours que tu finiras par me surprendre. »

Maman déclarait que s'il la surprenait un jour en changeant de question – ou de poids – elle le surprendrait à son tour par une autre réponse.

Tout cela, vous l'aurez sans doute compris, ne l'empêchait pas de reposer la même question, une heure plus tard, après avoir englouti une coupe de mousse au chocolat. Pour recevoir invariablement la même réponse.

Mamie, la femme de l'astrophysicien, était, quant à elle, convaincue que son fils n'était pas même enveloppé. À chaque fois que nous nous rendions chez eux, elle lui proposait une part énorme d'un gâteau à six étages, sa spécialité, et lorsque Papa protestait : « Maman, c'est trop, je dois perdre un peu de poids », elle le contemplait en silence, comme pour vérifier quelque chose, avant de rétorquer : « Sottises… Tu n'as rien à perdre du tout… » Tournant ensuite les yeux vers Maman, elle ajoutait : « N'est-ce pas qu'il est juste bien pour sa taille et son âge ? »

Puisque nous étions chez Mamie, Maman n'avait guère d'autre choix que d'acquiescer. Non, elle ne trouvait pas que Papa fut vraiment gros.

« Qu'est-ce que ça veut dire *vraiment gros* ? » demandait Mamie sur un ton autoritaire (elle prétendait avoir été dans l'éducation, mais d'après Papa, elle n'avait été que jardinière d'enfants) en répondant aussitôt à sa propre question : « Soit il est gros, soit il ne l'est pas.

– Si ce sont là les deux seules options, alors il n'est pas gros, répondait Maman.

– Tu vois, lançait Mamie, satisfaite, à Papa, même ta femme ne te trouve pas gros. » Et Maman de renchérir : « Non, il n'est certainement pas gros, tout au plus un peu enveloppé. » Mamie examinait alors de nouveau son fils, comme pour essayer de découvrir à quels endroits exactement il était enveloppé. Ne décelant rien de suspect, elle jetait alors à Maman : « Enveloppé de quoi ? Enveloppé où ? »

Cette dernière répondait prudemment que Papa était peut-être un peu enveloppé à cause de « tout ce chocolat, des glaces, et de toute cette malbouffe dont il est si friand, de ton gâteau aussi, qu'il va avaler dans quelques instants ». Mamie prenait alors un air grave et déclarait que si son fils avait faim parce que sa femme ne lui préparait pas assez à manger, qu'il vienne donc se remplumer chez elle. C'est pour cela qu'il avait une mère, cuisinière et pâtissière, chez laquelle il serait toujours bienvenu quand il aurait faim.

« Qui est-ce que ça dérange s'il mange un peu ? » demandait-elle, interrogeant du regard tous ceux qui se trouvaient dans le salon avant de s'arrêter sur Maman en ajoutant sèchement : « Toi, peut-être ? »

Effrayée par cette question abrupte, Maman se reprenait aussitôt : « Qu'est-ce que tu racontes ! Ça ne me dérange pas du tout ! Mais peut-être que ça le dérange, lui… »

Tous les regards se portaient alors sur Papa, qui n'avait absolument pas suivi le débat, mais qui avait déjà presque englouti tout le morceau de gâteau. Mamie, ravie de voir le plaisir que son fils prenait à manger, répondit que l'on voyait bien que ça ne le dérangeait pas, lui non plus.

Un instant plus tard, elle contemplait à nouveau Papa et déclarait que l'on pourrait tout au plus dire qu'il souffrait d'un très léger surpoids. Mais sa chemise était par ailleurs un peu trop serrée. Maman devait veiller à ce que les vêtements de Papa ne rétrécissent pas au lavage, et pour cela, il faut utiliser de l'eau tiède et non de l'eau chaude, comme Maman faisait. « L'eau chaude tue peut-être les microbes, mais c'est également le pire ennemi des tissus délicats. » Elle se tournait alors vers Papy et lui demandait : « Que dis-tu de cela, Monsieur le Professeur Kovlevski ? » Elle avait pour habitude de s'adresser ainsi à lui lorsqu'elle voulait vraiment donner du poids à sa question.

D'ordinaire, Papy ne participait pas à ces conversations sur la nourriture. Les discussions à propos d'aliments et de calories lui semblaient être une perte de temps criante. Avait-on idée de déranger des scientifiques qui s'efforçaient de découvrir d'autres systèmes solaires, susceptibles de permettre l'émergence d'une forme de vie semblable à la nôtre, avec de telles broutilles ? Pour que les gens puissent continuer de vivre en comptant l'argent dont ils sont dépourvus et les calories dont ils sont trop bien pourvus ?

Une fois cependant, Mamie insista pour qu'il donne son avis au sujet de l'éternelle controverse qui l'opposait à Maman. En tant qu'universitaire érudit et professeur émérite, il saurait certainement apporter une réponse à l'épineux problème de son fils, qui se trouve gros et souffre en permanence soit des aliments qu'il mange, soit de ceux qu'il ne mange pas, ou encore de ceux qu'il devrait manger.

Papy examina si longuement Papa, que nous commencions à penser qu'il avait oublié pourquoi il s'était mis à le regarder en premier lieu, lorsqu'il ôta ses lunettes et les essuya, avant de les chausser de nouveau en déclarant que le sujet méritait d'être soumis à un examen scientifique, auquel il se proposait de se livrer sur-le-champ.

« Le corps humain est composé de deux cent six os dont le poids, chez un homme de taille moyenne, équivaut à une soixantaine de kilos.

– Même chez un homme à l'ossature lourde ? demanda Papa, alarmé par la différence entre son poids et celui de ses os.

– Ne me coupe pas au beau milieu de mon explication », l'apostropha Papy tout en réfléchissant quelques instants à la question de Papa. Avant de poursuivre, il expliqua qu'il parlait de façon générale et que l'on pouvait tout à fait ajouter dix pour cent au poids qu'il avait défini.

« Lorsque j'observe Roy – c'est le prénom de Papa – sous tous les angles, poursuivit Papy, marquant une courte pause, je peux affirmer que ni ses cheveux ni ses ongles ou ses dents ne sont gros. Ses yeux ne sont pas gros et l'on peut même supposer que son cœur, ses reins et ses poumons ne le sont pas davantage. Même ses doigts ne sont pas gros. Ses jambes et ses bras sont un brin potelés, mais nullement de façon anormale. Par conséquent, si l'on compare toutes ces parties de son corps qui ne sont pas grosses avec son ventre et ses hanches, qui sont, eux, grassouillets, force est de conclure qu'il n'est pas gros. »

Mamie parut satisfaite de l'explication scientifique de son mari, de surcroît professeur émérite. Car enfin, si un spécialiste de renommée internationale était de cet avis, qui étions-nous (elle-même, Maman et tous les autres moins que rien qui avaient une opinion sur le sujet) pour penser le contraire ? Ma mère dodelina un peu de la tête, comme elle fait lorsqu'elle n'est pas du tout d'accord avec quelqu'un, mais qu'elle n'a pas envie de se lancer dans une dispute. Quant à Papa, qui n'aimait pas que la conversation tourne autour de ses bourrelets, il avait entrepris de procéder à l'égalisation du gâteau sur le plat, jusqu'à ce qu'il n'en reste plus rien, feignant d'être étranger à tout cela.

Mais c'est vrai qu'il était un peu gros. Certains enfants de ma classe se moquaient même de son embonpoint et prétendaient qu'il était *enceint*. Un jour, alors qu'il m'attendait à la sortie de l'école, la surveillante russe, craignant qu'il ne porte une ceinture d'explosifs sous ses vêtements, lui avait demandé : « Monsieur attend un enfant ? »

Avant qu'il ne réalise que son hébreu sortait tout droit de l'*oulpan*[1] – pratiquement plus personne, hormis Papy et moi-même, ne s'exprimant de cette façon – Papa lui avait répondu : « Non, je n'attends pas d'enfant, je suis juste gros. » Et de lui décocher son bon grand sourire. Mais la surveillante n'avait pas goûté la plaisanterie et ne lui avait pas rendu son sourire, parce que dans un pays où personne ne sourit à personne et où les gens s'étripent pour une place de parking, va savoir ce qui se cache derrière un sourire de ce genre. Une tentative d'extorsion peut-être ou une volonté de masquer des intentions terroristes derrière une gentillesse excessive. Ce qui l'effrayait plus que tout était que l'on puisse dire que Papa s'était fait exploser pendant son service, lequel s'achevait dans quelques minutes. On l'accuserait alors de ne pas avoir écarté l'individu en dépit de son sourire, qui aurait pourtant dû l'alerter.

Pour plus de sûreté, elle lui avait demandé de s'éloigner un peu. Il n'y avait déjà pas beaucoup de place devant l'école. Papa s'était éloigné sans discuter, tout en continuant à sourire.

Même s'il n'était pas partie prenante dans le débat pour savoir s'il était gros ou non, il n'en restait pas moins qu'il était un homme poli, qui tient compte de ce qu'on lui demande.

Cette anecdote prouve donc bien qu'il n'ignore pas lui-même être gros. Lorsque nous montons les

1. Système de cours d'apprentissage de l'hébreu destiné à permettre et accélérer l'intégration des nouveaux immigrants au sein de la société israélienne.

escaliers et que je me précipite pour ne pas rater l'émission « La conquête de l'espace » sur la chaîne scientifique, Papa me suit en soufflant comme une vieille locomotive fatiguée, et s'arrête à mi-chemin entre chaque étage pour reprendre son souffle.

Une fois, je le surpris debout, face au miroir dans la chambre où il dort avec Maman, la chemise soulevée, en train de contempler son énorme ventre, qui me rappelle celui de Maman lorsqu'elle était enceinte de ma sœur Noga – sauf qu'elle n'avait pas de poils sur le ventre, elle. Il se tourna pour examiner son ventre de profil, l'air très triste, et, remarquant soudain ma présence, baissa précipitamment sa chemise. « J'ai un gros bidon, n'est-ce pas ? » Je ne démentis pas et il me sourit en déclarant que cette fois-ci, c'était la bonne. À partir de demain, régime.

S'il avait su quels épouvantables ennuis ce régime allait lui causer, il aurait sans doute préféré garder ses bourrelets, mais comment aurait-il pu le savoir ? Rien ne s'était encore produit, et après coup, il serait déjà trop tard.

3

De l'art de maigrir

Papa débuta sa période d'amaigrissement par d'intenses recherches, pour déterminer quel régime serait le plus adapté à un novice en la matière. Il acheta un grand nombre de livres, tels que *Comment maigrir en mangeant de tout*, dans lequel on vous explique que vous pouvez manger tout ce que vous voulez, autant que vous le souhaitez, mais uniquement entre dix heures du matin et midi. Le restant de la journée vous devrez jeûner, quitte à avoir l'impression de mourir de faim. L'auteur du livre s'engage personnellement à vous rembourser l'intégralité du prix de son livre, si, tout en suivant scrupuleusement ses instructions, vous ne perdez pas un kilo par semaine. Selon Papa, il n'y avait aucune chance que quiconque réclamât jamais son argent : en s'en tenant à ce programme, on mourrait dans d'atroces souffrances avant même d'avoir pu faire une réclamation.

Un autre volume avait pour titre *Comment grossir tout en restant mince*, un autre encore, *Comment perdre un kilo par heure*, dont l'édition mise à jour était intitulée *Comment perdre 100 grammes toutes les six minutes*. Il y avait également *Maigrir gaiement*, *Maigrir facilement*, *Histoires encourageantes de gros qui ont maigri*, *le Régime à base de steack*, *Manger peu et se sentir rassasié*. Tous ces ouvrages, et une vingtaine d'autres encore, finirent par servir de combustible pour embraser les épaisses planches du bûcher de Lag Baomer[1], et se consumèrent plus rapidement que les calories que Papa était censé brûler grâce à eux.

Papa acheta des ouvrages de régime plusieurs semaines durant. Maman souffrait de voir tout cet argent jeté dans la gueule d'escrocs qui abusent des gros et ne cessait de lui rappeler qu'une fois passé le stade théorique, il faudrait passer à la pratique. Jusqu'à ce qu'un jour, elle finisse par le convaincre qu'il en savait assez sur le sujet.

Il enchaîna alors divers régimes. Tous les deux ou trois jours, sur les conseils d'un ami, ou à la suite de la lecture d'un article, d'une émission à la radio ou à la télévision, il apprenait l'existence d'un nouveau régime, plus efficace que tous les autres… Pourquoi s'entêter dans une voie uniquement parce qu'on s'y est engagé, si, entre-temps, il s'en présente une plus attrayante encore ?

Il commença donc par suivre un régime extrême, à base de lait et de pommes, qui autorise la consommation de vingt pommes par jour, jusqu'à cinq verres de lait et de l'eau à volonté. Le souci avec ce

1. Fête célébrée le 33e jour du décompte du Omer, période qui sépare la fête de Pessah de la fête de Shavouot, durant laquelle toutes les restrictions relatives à cette période sont levées.

régime fut que Papa se mit à avoir l'impression d'être lui-même une pomme, ce qui n'est pas une sensation extraordinaire. Les pommes sont certes rondes, mais elles ont un esprit très carré et Papa abandonna cette formule en faveur d'un régime à base de concombres – qui ont, eux, une personnalité longiligne – lequel permet de manger jusqu'à vingt concombres par jour, accompagnés d'eau à volonté. Il ne s'était pas écoulé plus de quatre jours que Papa lançait avec colère à Maman – qui venait de déposer devant lui deux concombres sur une assiette – qu'il commençait désormais à se sentir concombre. Il n'était pas certain s'il ne valait pas mieux se sentir pomme. Laquelle est ronde, elle, au moins, et a du goût, alors que ces deux concombres épluchés, l'un long et mince et l'autre petit et gros, lui rappelaient Don Quichotte et Sancho Panza. Et il leur jeta un œil assassin, comme pour les réduire en purée du regard. On ne jette pas de tels regards, en présence des enfants, sur une nourriture que l'on a soi-même choisie, le sermonna Maman. Sans se départir de son œil noir, Papa lui demanda quel genre de regard il jetait donc aux concombres. « Tu sais très bien de quoi je parle », lui répondit-elle. Il rétorqua très justement qu'il ne pouvait pas connaître le regard qu'il jetait aux concombres, puisqu'il ne pouvait se voir lui-même à travers les yeux des concombres. En outre, les concombres n'y voyaient aucune objection, contrairement à Maman.

« C'est toi qui te plains, alors tu n'as qu'à t'expliquer », déclara cette dernière, ajoutant que la prochaine fois qu'elle surprendrait ce regard, elle l'enverrait se regarder dans le miroir, mais Papa lui répondit qu'il n'y verrait plus le regard dont elle parlait, mais seulement un regard qui cherche ce regard dans le miroir. Maman soupira qu'elle n'avait pas la force d'écouter ses élucubrations imbéciles et lui demanda : « Tu les manges ou non, tes concombres ? » Et Papa, qui arborait déjà un sourire victorieux parce qu'il adore gagner les disputes, retrouva derechef le regard dont Maman parlait et lui lança qu'elle était incapable de comprendre ce qu'il ressentait à la vue de ces deux malheureux concombres.

Et il se mit à les piquer tant et plus avec sa fourchette, comme pour les faire souffrir. Maman lui dit que ce qu'il ressentait ou pas ne justifiait en rien un tel comportement. « Qu'est-ce qu'il a, mon comportement ? lui lança-t-il.

– Tu te montres aigri, un véritable cornichon, je refuse de supporter ce genre d'humeur, juste parce que tu as décidé de te lancer dans un régime.

– Je voudrais t'y voir, toi, à manger des concombres toute la journée, en gardant le sourire.

– Mais personne ne t'oblige à en manger ! »

Le jour même, il entama un régime à base de chou, mais à chaque fois que Maman déposait devant lui une assiette de chou, il prenait un air triste, alors même qu'elle essayait de l'accommoder à toutes les sauces.

Il passa ensuite à une formule à base de carotte, chaudement recommandée par de nombreuses personnes. Mais en peu de jours, sa peau prit une étrange couleur, à mi-chemin entre l'orangé et le jaune foncé.

Effrayée, Maman décida de lui faire suivre une diète à base de pop-corn dont on lui avait dit monts et merveilles, parce que c'était un régime à la fois plaisant et amaigrissant et qui s'accordait bien avec les sorties au cinéma. Dès lors, des pop-corn se mirent à sautiller dans notre micro-ondes tout au long de la journée. Ma sœur Noga et moi-même étions des inconditionnels de ce régime. Mais Papa, qui avait interdiction de consommer quoi que ce soit d'autre en dehors du pop-corn, se mit rapidement à gonfler, tandis que des cernes violets apparaissaient sous ses yeux. En outre, il ne perdit pas un gramme et décida donc de passer à une alimentation à base de choux-fleurs sous diverses formes : les dimanche, mardi et jeudi, chou-fleur bouilli et jus de cuisson – punition que je ne souhaite à personne, mieux vaut encore boire directement l'eau de la cuvette des toilettes –, les lundi et mercredi, chou-fleur à la vapeur, le vendredi, chou-fleur cuit et le shabbat, farandole de pousses de chou-fleur fraîches.

Le chou-fleur est caractérisé par son odeur tenace, même après la disparition physique du légume, et plusieurs jours après que Papa eut abandonné ce régime en faveur d'une ennuyeuse alimentation à base de riz, l'odeur du chou-fleur continua d'empester toute la maison, alors que Papa avait déjà entamé une diète à base de brocolis et d'épinards, suivie d'un régime à base d'aubergines – qui provoqua constipation et ballonnements –, d'un régime à base de raisins – qui lui donna la colique –, pour finalement culminer en point d'orgue avec la mère de tous les régimes, une Bible de recettes diététiques que l'on devrait toujours avoir sous le coude.

Au bout de dix jours de ce régime, Maman perdit patience. Comme si elle n'avait rien d'autre à faire que de lui cuisiner 150 grammes de dinde le dimanche, lui préparer un feuilleté aux légumes le lundi, du poisson accompagné de cinq cuillerées de riz complet le mardi, une grande salade avec trois noix le mercredi, deux mesures de lentilles le jeudi, deux mesures de pois chiches le vendredi, deux morceaux de viande le shabbat, le tout en respectant strictement l'interdiction de manger après dix-neuf heures.

Complètement découragé, Papa prit rendez-vous avec *la* spécialiste israélienne de « l'alimentation saine et du juste amaigrissement », laquelle lui fit subir un nombre incalculable d'examens, le regarda dans le blanc des yeux, contempla le rose de ses ongles, mesura l'épaisseur de la peau de ses plantes de pied et l'élasticité de ses lobes d'oreille, pour finalement décider que, dans son cas particulier, une seule solution s'imposait : le régime à base d'olives.

« Un régime à base d'olives ?! s'écria Maman, interloquée, après que Papa lui eut donné, tout feu tout flamme, le diagnostic. Et c'est pour qu'elle ponde cette idée simpliste et idiote que tu as dépensé la moitié de ton salaire ?

– C'est *la* spécialiste israélienne de "l'alimentation juste et de l'amaigrissement sain", expliqua Papa patiemment, c'est toi-même qui me l'a recommandée.

– J'ai lu des articles à son sujet qui vantaient ses mérites, mais je vois qu'elle n'est qu'une charlatane !

– Et pourquoi aurait-on vanté ses mérites si elle n'est qu'une charlatane ?

– Sans doute que le journaliste en est un, lui aussi !

– S'ils sont tous deux des charlatans, que dire de nous, qui avons lu et cru cet article, et qui l'avons payée, elle ?

– Ne nous mets pas dans le même panier ! Je ne suis pas d'accord avec son diagnostic. Si toi, tu l'acceptes, cela ne fait pas de toi un charlatan, juste un imbécile », lança Maman en guise de conclusion. À moitié pour lui-même, à moitié à l'intention de Maman, Papa marmonna que, comme à l'accoutumée, elle savait mieux que tout le monde ce qui était bien ou non…

« Je ne dis pas que je sais tout mieux que tout le monde. Je dis simplement qu'un régime à base d'olives ne me paraît pas logique. On extrait de l'huile à partir des olives et n'importe quel enfant sait que l'huile fait grossir, parce qu'elle est grasse et que les choses grasses se transforment en graisse dans le corps. Ce n'est pas par hasard que le même mot, à peu de choses près, désigne les deux choses : gras, graisse. C'est pour que personne ne vienne se plaindre en disant qu'il n'a pas été prévenu. Les olives contiennent des matières grasses et celui qui les mange devient gras à son tour. Ce n'est pas pour rien, poursuivit Maman, en élargissant son argumentation, que la comptine dit "le gros ourson a avalé du savon". Le gros de l'histoire est gros comme un ourson, parce qu'il a avalé du savon, qui est très souvent fabriqué à partir d'huile d'olive et c'est exactement ce qui va t'arriver, si tu te lances dans ce régime imbécile, pas vrai Noga ? » demanda-t-elle à ma sœur, qui acquiesça.

Papa tenta une explication au sujet des bonnes et des mauvaises huiles, mais il s'emmêla vite les pinceaux, parce qu'il ne se souvenait pas si l'huile saturée était bonne du fait qu'elle était saturée, ou bien si c'était l'huile insaturée qui était bonne, précisément parce qu'elle ne l'était pas.

Quoi qu'il en soit, il était déjà très énervé, bien avant cette dispute, à cause de tous ces régimes qui s'entrechoquaient dans son ventre, et très en colère également parce qu'il était en permanence affamé.

Tous les matins, il s'emportait contre la balance de la salle de bains qui s'entêtait à afficher 98,5 kilos sans tenir aucun compte de tous les efforts qu'il avait déployés.

Papa demanda à Maman si elle préférait le voir participer à cette émission sur la 10e chaîne, où l'on voit une équipe de gros en affronter une autre. Ils ne cessent de se plaindre du peu de poids qu'ils ont perdu et se critiquent les uns les autres. Avant de monter sur la balance, ils se rasent les poils des jambes et se coupent les ongles pour gagner quelques grammes supplémentaires.

« Tu es devenu fou ? Participer à cette émission de télé poubelle ? Tu n'y penses même pas ! Cela constitue un motif de divorce ! »

Et c'est ainsi que, finalement, pour ne pas divorcer de Papa, Maman se résigna et lui dit que s'il voulait miser sur les olives, alors va pour les olives. Papa lui répondit qu'il ne voulait ni miser sur les olives ni même les manger, il voulait simplement se débarrasser de ses bourrelets. « Pourquoi ne pas donner une chance à cette femme ? demanda-t-il. Tu n'imagines pas les examens approfondis qu'elle m'a fait subir.

– Entendu, répondit Maman, je vais te rapporter des bocaux d'olives du supermarché. » Papa lui en réclama différentes sortes, pour éviter de se lasser, sans quoi même la diète à base d'olives finirait par lui sortir par les oreilles.

Voici comment Papa entama son régime à base d'olives et que nous apprîmes du même coup qu'il en existe une grande variété : concassées, violettes, brunes, vertes, syriennes, marocaines, balkanes, avec noyau, sans noyau, farcies au poivron rouge ou à l'amande.

Ce fut là l'ultime régime de Papa. Dès lors, il demeura sourd à toute rumeur ou suggestion concernant les cures d'amaigrissement.

4

Un petit noyau qui a tout déclenché

Le cinquième jour du régime à base d'olives tomba un shabbat, le seul jour de la semaine où nous prenons notre petit déjeuner tous ensemble, durant lequel il est donc très difficile de suivre un régime. Tandis que nous mangions des salades, des toasts, des omelettes, des desserts lactés, des crêpes, trois sortes de petits pains et diverses céréales, Papa était assis devant une malheureuse assiette avec, ce jour-là, trois sortes d'olives, toutes à noyau.

Il ne cessait de jeter des regards de chien battu sur les assiettes des autres, il était clair qu'il avait du mal à se dominer. Il résista néanmoins bravement à la tentation et se bourra d'olives tant et plus. Et pour se donner du courage, il nous raconta quelque chose de si drôle que Maman se mit à rire aux larmes et le supplia de se taire, sans quoi elle allait s'étouffer.

Mais en fin de compte, ce ne fut pas elle qui s'étouffa, ce fut Papa, et non de rire, mais à cause d'un noyau d'olive resté coincé dans sa gorge. Ou plutôt, comme l'un des spécialistes que nous courûmes consulter au bout de quelques jours fit remarquer à Maman, lorsqu'elle lui eut raconté toute l'histoire et en fut arrivée au noyau coincé dans la gorge :

« Pas dans la gorge, Madame. Dans l'œsophage. Le noyau est coincé dans l'œsophage. »

Au début, il fut pris d'une terrible quinte de toux et désigna sa bouche, le visage empourpré, mais nous pensâmes qu'il s'agissait d'une nouvelle plaisanterie et qu'il ne faisait qu'imiter Maman en feignant d'étouffer. Mais quand le rouge de son visage vira au violet foncé, que ses yeux semblèrent sur le point de jaillir de leurs orbites comme le bouchon d'une bouteille de champagne bien secouée, et qu'il se leva de sa chaise en essayant de tousser pour dégager ce qui le gênait, nous comprîmes que quelque chose n'allait pas.

Maman se précipita vers lui et se mit à lui donner d'énormes tapes dans le dos, en hurlant : « Allez, recrache-le ! » Mais Papa continua à s'étrangler et se tordre, à grogner et tourner comme une toupie, en renversant tout ce qui se trouvait sur la table. Et alors qu'il était déjà presque effondré, Maman lui donna un coup d'une telle violence que je craignis qu'il ne se désagrège en ces millions de calories dont il était constitué. Mais ce coup n'y fit rien, « et nous étions vraiment sur le point de le perdre, nous ne savions plus quoi faire, raconta Maman le lendemain à son amie Rimon, lorsque je me souvins brusquement de la méthode de Heimlich, que j'ai apprise durant mes classes, à l'armée, dans le camp 80. Je louai Dieu de m'être endormie en cours, à l'époque, car l'infirmier m'avait réveillée et, en guise de punition, m'avait désignée pour illustrer cette manœuvre, avec une telle brutalité qu'elle restera à jamais gravée dans ma mémoire. Va savoir si tout ce qui s'est produit alors n'était qu'une sorte de répétition, afin qu'aujourd'hui, je puisse sauver la vie de mon mari ».

Et en effet, Maman s'était placée derrière Papa et lui avait envoyé un coup de poing dans le ventre, tout en appuyant sur son estomac de l'autre main, et Papa s'était redressé d'un coup, ouvrant et fermant la bouche comme un poisson hors de l'eau qui tenterait de crier qu'on veuille bien l'y rejeter immédiatement. Il inspira des tonnes d'air dans ses poumons, pour compenser tout le temps durant lequel il n'avait pas eu d'oxygène, puis il se rassit, prit une serviette pour s'essuyer les yeux et le nez qui coulaient comme robinets qui fuient.

« Tu m'as vraiment fait peur ! souffla Maman.

– Je t'ai fait peur *à toi* ? Tu te rends compte à quel point j'ai eu peur, moi ?

– Je ne dis pas que tu n'as pas eu peur, je dis juste que j'ai eu peur moi aussi.

– Tu as eu peur ! répéta-t-il, méprisant. Moi j'étais sur le point de mourir. »

Et Maman – qui comprit immédiatement que Papa se lançait à nouveau dans l'une de ces joutes verbales, dont l'enjeu était de déterminer lequel des deux était le plus malheureux, et lequel souffrait davantage, et pour qui les choses étaient les plus difficiles, signe que son état s'était amélioré – se reprit, en disant que c'était justement pour cela qu'elle avait eu peur. Papa continua à se moquer d'elle, en lui expliquant que sa peur à elle n'était rien par rapport à sa peur à lui. Il avait vu sa vie défiler devant ses yeux, comme un film auquel il allait cesser de prendre part. « J'avais l'impression de quitter la vie, vous vous éloigniez de moi, vous étiez déjà flous, encore quelques secondes et vous auriez complètement disparu, et j'aurais crevé comme un… »

Le coupant net dans ses élucubrations, Maman lui demanda de ne pas faire peur aux enfants avec ses exagérations. « On ne meurt pas si vite que cela.

– Ah non ? rétorqua Papa vexé, je vais t'en apprendre une bien bonne. La frontière entre la vie et la mort est très mince, un cheveu est parfois plus épais. » Et lorsque Maman répéta : « Tu exagères encore », il lui rappela toutes ces journées qu'elle avait passées au chevet de son père, qu'elle aimait au point d'avoir décidé de ne plus dormir pour prendre soin de lui et le réveiller à chaque fois que le moniteur indiquait qu'il se rapprochait de cette frontière ténue entre la vie et la mort. Puis, un jour, elle avait cligné des yeux l'espace d'un instant et son père était mort.

« Alors maintenant, je suis coupable de la mort de mon père, parce que j'ai cligné des yeux, c'est ça ?

– Si tu ouvrais les oreilles lorsque je te parle, tu n'entendrais pas des choses que je n'ai pas dites », répondit Papa avec impatience. Il avait compris qu'ils ne parlaient déjà plus de sa peur à lui, mais de ses problèmes à elle, ce qui l'ennuyait beaucoup et il tenta de remettre le débat sur le droit chemin : « Tout ce que je dis, c'est que j'avais un pied dans la tombe. C'est tout.

– Tu n'as pas dit ça tout à l'heure. C'est maintenant que tu le dis.

– Ça revient au même, même si j'ai utilisé une autre formule.

– Très bien, tu avais donc un pied dans la tombe et tu t'es vu hors de ton corps, flottant dans la pièce en apesanteur… c'est bien cela ? Nous pouvons changer de sujet maintenant ? »

Papa, qui sentait qu'il n'y avait plus guère de sens à parler de sa mort, parce que l'humeur de Maman avait changé, ajouta que, comme d'habitude, elle savait mieux que lui ce qu'il ressentait ou non. Maman répondit qu'elle n'avait pas dit cela, mais peu importe. « Comme d'habitude, une fois de plus, tu as raison, pourquoi est-ce que je discuterais avec toi ? Si c'est ce que tu as ressenti, alors c'est ce que tu as ressenti. J'espère que tu te sens mieux maintenant. »

Papa porta une main à son cou, cherchant des doigts ce qui avait bel et bien manqué le tuer, puis il avala d'un trait un grand verre d'eau, avant de refaire le même geste.

« Tout va bien ? lui demanda Maman.

– Je n'en suis pas sûr, ce genre de choses ne s'arrange pas aussi vite que tu le penses, répondit Papa, en se plaignant que quelque chose continuait à le gêner au niveau de la gorge.

– Tu as une idée de ce qui s'est passé ?

– Ce qui s'est passé ? Tu ne comprends donc pas par toi-même ce que c'était ? C'était un noyau de ce régime d'olives à la con ! Voilà ce que c'était ! lança Papa en lui jetant son regard noir de l'époque du régime de concombres.

– Qu'est-ce que tu me veux ? C'est moi qui t'ai dit de faire ce régime bizarre peut-être ? »

Mais Papa continuait à se masser le cou, l'air inquiet, en disant qu'il sentait toujours le petit saligaud. « Il n'est donc pas ressorti ? » lui demanda Maman, tout étonnée.

Nous nous mîmes à chercher partout, pour vérifier si un petit saligaud de noyau d'olive n'aurait pas atterri dans les parages, mais aucun de nous n'aperçut quoi que ce soit.

« Tu l'as probablement avalé, tu ne crois pas ?

– Une fois de plus, tu sais mieux que moi ce qui est arrivé à ce noyau. Malheureusement, je le sens encore, là, rétorqua Papa en posant un doigt juste sous son oreille.

– Sottises, tu l'as sûrement avalé, il ressortira la prochaine fois que tu iras aux toilettes.

– Cette fois-ci, tu es même devenue spécialiste de ce qui se passe à l'intérieur de mon corps !

– Roy, s'il n'est pas sorti et que tu ne l'as pas avalé, où peut-il donc bien être ? demanda Maman, brusquement inquiète.

– Je n'en sais rien, mais je le sens.

– L'essentiel, c'est que tu puisses respirer.

– C'est vrai, mais je le sens encore, ici, répondit Papa, après avoir pris une grande inspiration, histoire de vérifier que tout fonctionnait bien.

– Sottises, répéta Maman. Mais si tu veux, nous pouvons aller aux urgences. »

Papa réfléchit quelques instants à cette proposition et répondit que ce serait peut-être exagéré. Nul doute que lui revinrent en mémoire toutes les fois où il s'était précipité aux urgences et que les médecins, après l'avoir examiné, lui avaient dit poliment ce que Maman venait de lui dire bien moins poliment, à savoir que tout était dans sa tête.

Il but une autre gorgée d'eau, avant de masser de nouveau son cou : « Je le sens ici, le petit bâtard, viens voir, touche. » Maman posa un doigt sur le cou de Papa avec la prudence d'un démineur, et après une longue et éreintante palpation, faite de petits effleurements et de pressions légères, en fonction des instructions de Papa : « Un peu plus à droite, pas trop, plus à gauche, remonte, encore un peu, descends, à droite, mais juste un petit peu, pourquoi est-ce que tu prends tant de… » – elle déclara qu'elle était désolée, mais qu'à dire vrai, elle ne sentait rien.

« Le fait que tu ne sentes rien ne signifie pas qu'il n'y ait rien, déclara Papa, extrêmement déçu.

– Je n'ai pas dit qu'il n'y avait rien, seulement que je ne sentais rien. Il se peut tout à fait qu'il y ait quelque chose, même si je ne le sens pas.

– Inutile de me faire une fleur, s'il te plaît. Tu t'es toujours montrée incapable de ressentir ce que je ressens, moi… Je le sens vraiment, surtout quand j'avale ma salive.

– Peut-être que si tu buvais encore un peu ? suggéra Maman.

– Non, je le sens toujours.

– Peut-être qu'avec une tranche de *halla*[1], le noyau descendrait ?

– Ce n'est pas une mauvaise idée, mais *quid* du régime ? s'inquiéta Papa.

1. Pain tressé, traditionnellement consommé à shabbat.

– Vu les circonstances, je pense que tu peux faire une pause dans ton régime. Ce serait dommage qu'il te tue avant de t'avoir aidé à maigrir… Personne ne voudrait en arriver là, n'est-ce pas les enfants ? »

Noga et moi nous demandâmes s'il fallait la croire. Où voulait-elle en venir ? Va savoir à quoi elle pensait en nous posant cette question.

« Tu crois que j'ai perdu assez de poids pour me permettre de manger une tranche de *halla*[1] ? demanda Papa, encore hésitant.

– Je me fiche de savoir si tu as perdu du poids ou non, je t'aime toi, quoi qu'il arrive », répondit Maman.

Papa réfléchit encore un instant et, tout en étalant une épaisse couche de beurre sur une énorme tranche de *halla*, il finit par dire qu'une pause de quelques jours ne le ferait ni perdre du poids ni en prendre. Et à la question de Maman, qui ne put s'empêcher de lui demander : « Pourquoi tant de beurre ? », il répondit qu'il ne voulait prendre aucun risque. Le beurre ferait glisser la *halla* le long de sa gorge. Il ne manquait plus que la tranche reste coincée, elle aussi.

Nous regardâmes attentivement Papa mâcher avec précaution et constatâmes avec satisfaction que la première bouchée était passée sans encombre.

« Ça aide ? lui demanda Maman.

– Je ne sais pas si ça aide, mais c'est excellent ! Comment ai-je pu tenir avec tous ces régimes répugnants ? Je veux bien une autre tranche, parce que je ne suis plus vraiment certain de sentir quelque chose à cet endroit », expliqua-t-il en posant à nouveau un doigt juste sous son oreille.

À cet instant précis, Noga poussa un cri de victoire, « Là ! », et au grand étonnement de tous, elle ramassa le « petit saligaud », un beau noyau d'olive tout propre.

Le soir même, alors que nous dînions tous de *shnitzels*[1] et de frites, Maman demanda à Papa s'il sentait encore quelque chose. Il la regarda un instant comme s'il ne comprenait pas de quoi elle parlait, puis, feignant de retrouver la mémoire, il enfourna une autre bouchée de *shnitzel*, la mâcha bien et l'avala lentement pour examiner l'état des choses, tout en posant un doigt sous son oreille.

« Pourquoi me rappelles-tu cette histoire ? Je l'avais déjà oubliée ! »

1. Escalope, de dinde ou de poulet, panée et frite.

5

Des bourgeons dans l'oreille

Tout commença très précisément neuf jours après que Papa eut manqué s'étouffer. Il était environ huit heures du soir, et Mamie, venue garder Noga, se demandait pourquoi nous regardions cette émission imbécile *L'amour est au coin de la rue*.

Debout devant le miroir, Maman changeait de robe pour la quatrième fois. Impossible d'aller à une soirée vêtue de guenilles comme Papa.

« Tu devrais changer de chemise. Je n'y vais pas avec toi, si tu t'habilles comme ça. » Papa, qui de toute façon aurait préféré ne pas s'y rendre du tout, resta de marbre. Il ne supportait pas ces soirées guindées en l'honneur de livres écrits par d'autres.

Maman sortit de la pièce, vêtue d'une cinquième robe, en lui demandant de bien vouloir, au moins, se raser. Entre-temps, elle lui repasserait rapidement sa chemise grise, dans laquelle il est beau à couper le souffle, comme lorsqu'ils s'étaient rencontrés. S'il y a une chose qui attriste vraiment Papa, c'est lorsqu'on lui rappelle qu'un jour, il a été beau à couper le souffle. Parce qu'on lui dit par la même occasion, et de manière définitive et catégorique, qu'aujourd'hui, il ne l'est plus. Maman comprit immédiatement son erreur et décida de recourir à « l'arme fatale », qui consiste à jeter à Papa un regard triste et désespéré tout en lui disant, d'une voix dégoulinante de miel, qu'elle regrette, vraiment vraiment. Papa ne peut résister à cette arme d'Iranien et son opposition s'effondre aussi rapidement que les tours jumelles à la télévision.

Il se traîna donc, bon gré mal gré, à la salle de bains et commença à se raser, avec force soupirs, pour que Maman l'entende et comprenne quelles souffrances il est prêt à endurer pour elle. Lorsqu'il ressortit, rasé de près, elle lui caressa la joue et lui tendit la chemise repassée et comme il se plaignait de ce qu'elle fût encore chaude, elle la secoua en soufflant dessus, comme elle fait lorsque Noga gémit que son repas est brûlant.

Lorsque la chemise fut suffisamment refroidie, Papa fit la grimace, en disant que de toute façon, elle ne lui irait pas. Pour le rassurer, Maman lui rappela qu'il sortait tout juste d'une période de régime, « qui se voit vraiment ». En outre, lorsqu'ils avaient acheté cette chemise en Écosse, le vendeur s'était trompé de deux tailles et à l'époque, la chemise était bien trop grande. Tout cela pour dire que cette chemise, que Papa contemplait présentement comme si elle venait d'une planète lointaine, lui irait parfaitement bien aujourd'hui. *Perfect.* Elle employa le terme anglais, parce qu'il lui semblait parfois que les mots anglais avaient un pouvoir de conviction plus important.

« Cet idiot d'Écossais…, grommela Papa, à l'évocation de leur voyage.

– Quelle importance, idiot ou pas, nous avons fait un investissement sur l'avenir, nous allons tout de suite voir à quel point son pronostic était juste ! » répondit Maman, pour le rassurer.

Papa passa sans enthousiasme ses bras dans le tunnel des manches, comme il dit lorsqu'il habille Noga, s'y frayant un chemin avec difficulté, parce que Maman les avaient repassées comme un rouleau compresseur aplanit une route. Lorsque les mains de Papa réapparurent de l'autre côté, elle respira, soulagée.

Il se mit aussitôt à jouer des épaules dans tous les sens, histoire de montrer à quel point il se sentait mal dans cette chemise. Mais elle se contenta de sourire et elle avait raison. La chemise tombait parfaitement et cachait les bourrelets de Papa. Il avait vraiment l'air magnifique, comme si tous ces régimes avaient réellement porté leurs fruits.

Lorsque Papa eut boutonné sa chemise, Maman lui fit la surprise d'une cravate – déjà nouée et qui n'avait plus qu'à être passée autour du cou comme un lasso – et se mit en devoir de faire glisser cette dernière sous son double menton, sans tenir compte de ses protestations. Une fois son œuvre achevée, elle s'éloigna de quelques pas et le contempla avec un grand sourire. Il ressemblait enfin à un être humain.

« Qu'est-ce que tu as, là, dans l'oreille ? demanda-t-elle, redevenant brusquement sérieuse.

– Quoi ?

– Je ne sais pas…, dit-elle en s'approchant un peu. Il y a quelque chose qui dépasse.

– Quelque chose qui dépasse ? demanda Papa, effrayé. Comment ça, quelque chose qui dépasse ?

– Peut-être que si tu te nettoyais les oreilles tous les jours…

– Peut-être que tu pourrais regarder ce que j'ai qui dépasse, au lieu de me faire la morale…, lui lança Papa en colère.

– C'est bien ce que je fais », dit-elle en approchant son visage de l'oreille de Papa. Et sans détourner les yeux, elle cria à Mamie : « Miriam ! Tu peux venir un instant ? »

Cette dernière était à ce point absorbée par la dispute à la télévision entre Shirli et Amnon, ou peut-être était-ce entre Lior et Daniela – c'est difficile à savoir, on dirait des clones, comme dit Papy – qu'elle ne put se lever de sa chaise tant le suspens était insoutenable. « Tu ne vois donc pas que je suis occupée avec Noga ? » cria-t-elle en retour à Maman. Ma sœur lui expliquait en effet les passages complexes. Maman continuait à examiner l'oreille de Papa, effrayé comme de juste par le fait que sa femme appelle sa mère à la rescousse, ce qu'elle ne fait que dans les cas d'extrême urgence.

« Quoi ? Mais dis-moi ce qu'il y a ! demanda-t-il à plusieurs reprises, en tentant de toucher son oreille.

– N'y pense même pas, le rabroua Maman en repoussant brutalement sa main. C'est très étrange, ça ne ressemble pas à quelque chose qui serait entré dans l'oreille par l'extérieur.

– Ça ne ressemble pas à quelque chose qui serait entré dans l'oreille par l'extérieur, répéta Papa en essayant, en vain, de libérer sa main de la poigne de Maman. Tu veux bien m'expliquer ? Qu'est-ce que tu vois ?

– On dirait que quelque chose sort de ton oreille.

– Quelque chose sort de mon oreille ? Comment ça quelque chose sort de mon oreille ?

– Quelque chose qui vient de l'intérieur, expliqua Maman. Tu veux bien t'accroupir et tourner la tête vers la lumière ?

– Tu veux bien me répondre s'il te plaît ?

– Mais je suis en train de regarder, qu'est-ce que tu me veux ? répondit-elle en lâchant sa main.

– Ce n'est qu'une oreille, pas une galaxie de la Voie lactée, qu'est-ce qu'il peut bien y avoir à regarder ?

– Tu serais étonné… Il y a là tout un univers… Quand t'es-tu nettoyé les oreilles pour la dernière fois ?

– Je vérifie de ce pas dans mon agenda et reviens vers toi, répondit Papa, furibond. Tu veux bien sortir cette chose de là, qu'on en finisse ? »

Mais lorsque Maman tenta de saisir la chose et de tirer dessus, Papa laissa échapper un tel hurlement, qu'elle lâcha prise aussitôt, effrayée. Ce fut peut-être, dans toute cette histoire étrange, sa plus grande erreur, comme nous l'expliquerait bientôt Abu Rudjum. Nous aurions encore pu déraciner cette chose, avant qu'elle ne se transforme en une colonie illégale que l'on ne peut plus déloger.

Mais nous ne pouvions pas le savoir à l'époque. Pour le moment, nous savions juste que Maman disait à Papa : « Désolée, je n'ai pas voulu te faire mal, je ne pensais pas que cette chose était accrochée si fortement dans ton oreille.

– Tu veux bien arrêter d'appeler cette chose "cette chose", lui demanda Papa avec irritation, c'est sûrement quelque chose de précis, vérifie ce que c'est et appelle-la par son nom. »

Il s'était toujours montré extrêmement angoissé par les choses qui n'ont pas de nom et dont, par conséquent, on ignore tout. Sa bibliothèque débordait de dictionnaires, d'encyclopédies et autres lexiques, afin qu'il puisse définir, grâce à eux, toutes ces choses dont on ne peut connaître autrement la nature. On peut alors cesser d'en avoir peur, même si la logique voudrait le contraire, car si l'on ignore tout d'une chose, on ne sait pas davantage s'il faut la craindre ou non. Pour preuve, cette fois où Noga voulut boire la bouteille de Mr. Propre, ou cette fois encore où, enfant, je m'apprêtai à introduire un clou dans une prise électrique.

Maman jeta un œil à sa montre. Constatant qu'ils n'auraient aucune chance d'arriver à l'heure s'ils ne partaient pas immédiatement, elle se mit à essayer de convaincre Papa que « la chose » était si petite que personne n'y prêterait attention.

« On peut en remettre l'examen à notre retour. Pour une fois que nous sortons, nous n'allons tout de même pas laisser un si petit désagrément ruiner notre soirée !

– Premièrement, je viens de te demander de ne pas appeler cette chose « cette chose » et deuxièmement, il est hors de question que je me promène devant tout le monde avec ce machin qui me sort de l'oreille. Inutile que les choses qui me sortent des oreilles fassent les gorges chaudes de toute la ville.

– Tu en fais toute une histoire, répondit Maman, ça ne sort pas vraiment de ton oreille, ça ne dépasse même pas du pavillon. »

Papa, qui jusque-là n'avait pas même osé toucher le bord de son oreille, se mit à en tâter avec précaution le cartilage :

« J'espère qu'il ne s'agit pas d'une grosseur cancéreuse.

– Je n'en ai pas l'impression, répliqua Maman, d'une voix railleuse.

– Depuis quand es-tu devenue spécialiste du cancer ? »

Pour éviter de se disputer avec lui, Maman appela de nouveau Mamie, qui promit de venir tout de suite, pendant la publicité.

Maman décida d'employer à bon escient le laps de temps jusqu'à la publicité et me pria de lui apporter une loupe. Je compris que ce qui se passait dans l'oreille de Papa était bien plus intéressant que *L'amour est au coin de la rue*, où il ne se passe rien. Je trouve étonnant qu'une telle émission parvienne à attirer des gens comme Mamie, qui soutient toujours qu'il s'agit non seulement d'une très mauvaise émission, mais qu'elle est en sus très ennuyeuse.

J'apportai donc ma collection de verres grossissants et nous passâmes tous trois dans la salle de bains, où la lumière est plus forte et où Papa pouvait suivre dans le miroir ce que Maman faisait. Équipée d'une loupe grossissant deux fois, Maman regarda longuement dans l'oreille de Papa et répéta à deux reprises « intéressant », puis « bizarre » et enfin « très bizarre ». Elle répéta trois fois « je n'y crois pas », puis deux fois, « c'est impossible ».

« Qu'est-ce qui n'est pas possible ? demanda Papa, en bougeant la tête.

– Si tu ne bougeais pas tout le temps, je réussirais peut-être à comprendre ce qui pousse dans ton oreille !

– Il y a quelque chose qui me pousse dans l'oreille ? demanda Papa avec angoisse.

– Ce n'est qu'une façon de parler », s'empressa-t-elle de le rassurer. À l'époque, elle ignorait, bien sûr, qu'il n'en était rien. « Assafi – c'est là l'un de mes petits noms – jette un coup d'œil toi aussi. »

J'étais très fier qu'elle eût besoin de mon avis professionnel et me saisis donc de la loupe à triple focale, également équipée d'une très bonne lampe.

Je montai sur une chaise, demandai à Maman de me céder la place et commençai mon examen. C'est vrai que lorsque l'on contemple l'intérieur d'une oreille avec un verre grossissant, la vue qui s'offre à vous n'est pas moins intéressante que celle de galaxies lointaines observées au télescope. La forme en colimaçon rappelle beaucoup celle d'une galaxie spirale et je pensai aux explications de Papy au sujet des fractales, ces formes géométriques dont le tout est semblable à chacune de ses parties. L'oreille recèle également des débris qui semblent être de la taille d'un météore, ou d'une météorite.

« Qu'en penses-tu, Assaf ? me demandait Maman, entre-temps.

– Je vois tout un univers, lui répondis-je.

– Oui, moi aussi, répliqua-t-elle, mais regarde cette chose qui pousse à l'intérieur de l'univers et qui ressemble à une sorte de mèche. » Je rétorquai que cela ressemblait davantage à une sorte de trou de ver, grâce auquel ce dernier pourrait passer d'un univers à l'autre.

« J'ai un ver dans l'oreille ? demanda Papa d'un ton angoissé.

– Si seulement, répliqua Maman. Un ver, ça s'enlève, mais cette chose ressemble davantage à… »

Elle se tut, sans réussir à formuler ce à quoi ressemblait ce qu'elle avait vu dans l'oreille de Papa. Elle me demanda à quoi la chose me faisait le plus penser. Je dirigeai la lumière directement sur la chose et n'en crus pas mes yeux. Je dis même à voix haute que c'était difficile à croire, mais que cela ressemblait à une sorte de tige plutôt qu'à une mèche. « Mais qu'est-ce que c'est que ces histoires de mèches et de tiges ? » nous interrompit Papa, qui me regardait dans le miroir en train de contempler l'intérieur de son oreille.

Sur ces entrefaites, Mamie entra au pas de course dans la salle de bains, afin d'avoir le plus de temps possible avant de retourner devant la télévision. Ces salauds mettent de la publicité juste au moment où le suspens est le plus intense. Qu'allait-il se passer entre Yoav et Shirli ? Même avec les explications de Noga, elle ne parvenait pas à faire la différence entre les deux.

Mamie était bien plus petite que Papa et pour l'attirer à elle, elle saisit non seulement son épaule, mais également, à pleines mains, son oreille, tout en hurlant : « Noga, tu m'appelles quand la publicité est finie !

– Ne me crie pas dans l'oreille, s'énerva Papa.

– Je ne t'ai pas parlé à toi, mais à Noga, lui répondit-elle.

– Tu crois que Noga se cache à l'intérieur de mon oreille ? Tu as besoin de hurler comme ça ?

– Ce n'est pas ma faute si je dois observer l'intérieur de ton oreille, j'étais en train de faire autre chose. Tu ne vas pas venir te plaindre ! »

Papa était sur le point de répondre, lorsqu'à cet instant précis, son oreille arriva exactement à la hauteur des yeux de Mamie, qui demanda à Maman ce que c'était que ce ver qui se tortillait dans l'oreille de son fils. Maman et moi-même répondîmes d'une même voix qu'il ne s'agissait pas d'un ver. Mamie regarda de nouveau : « Mais qu'est-ce que c'est alors ? Je n'ai jamais vu une chose pareille de ma vie. » Et elle jeta un regard accusateur à Maman, en lui demandant si elle avait déjà vu pareille chose.

« Je ne crois pas, non.

– Il ne s'agit pas de croire ou non, lui lança Mamie sur un ton méprisant. Autrefois on nettoyait les oreilles et on vérifiait régulièrement leur état de propreté, de façon à ce qu'il ne vous y pousse pas de pommes de terre. »

Prenant son courage à deux mains, Maman planta ses yeux dans ceux de Mamie, mais cette dernière conserva son air méprisant, celui qui signifiait que dès lors que Maman avait épousé son fils, elle endossait l'entière responsabilité quant à ses oreilles. Impossible de savoir quelle aurait été l'issue de cette bataille de regards, car à cet instant Noga cria à Mamie, depuis le salon, que la publicité était terminée, qu'elle se dépêche donc de revenir pour ne pas la déranger avec ses questions.

Mamie abandonna aussitôt et la lutte avec Maman et l'oreille de Papa, pour s'envoler vers le salon. Nous l'entendîmes demander à Noga si elle avait manqué quelque chose et Noga lui répondre : « Ch..., laisse-moi regarder. » Mamie cria à Maman qu'il valait peut-être mieux téléphoner à Papy, qui est un scientifique renommé.

« Pour un peu, on penserait que mon père est oto-rhino-laryngologiste », conclut Papa avec dédain.

Il n'en avait pas moins l'air complètement désespéré et un instant plus tard, il fut convenu qu'il valait peut-être mieux téléphoner à Papy.

« Il n'y a pas un instant, tu as toi-même rejeté cette idée, lui répondit Maman en lançant tristement un œil à sa montre.

– Tu viens de dire que tu voyais tout un univers dans mon oreille.

– Tu as complètement pété les plombs, dit Maman, se laissant gagner par le désespoir. Lorsqu'on dit de quelqu'un qu'il a le visage pétrifié, cela ne signifie pas pour autant qu'il faille confier l'affaire à un géologue. S'il fallait faire appel à un spécialiste, j'irais davantage chercher du côté d'un botaniste ou d'un agriculteur », ajouta-t-elle prudemment.

Papa se regarda une fois de plus dans le miroir en tournant la tête de tous côtés et finit par déclarer qu'on ne voyait absolument rien.

« C'est exactement ce que je viens de te dire, ce n'est pas si grave après tout, nous avons paniqué pour rien, renchérit Maman.

– Qu'est-ce que tu suggères, dans ce cas ? lui demanda Papa.

– Nous allons nous rendre au vernissage, puis nous irons prendre un verre dans un endroit sympathique, avant de rentrer nous coucher. Demain matin, la chose aura probablement disparu d'elle-même.

– Tu crois ? demanda Papa plein d'espoir.

– Je l'espère, répondit Maman.

– Et pourquoi pas ? Beaucoup de phénomènes apparaissent et disparaissent », déclara Papa après un dernier coup d'œil au miroir.

Il cessa brusquement de contempler son oreille, ajusta sa cravate et avec un sourire, dit à Maman qu'elle n'était pas mal du tout. Comprenant que leur soirée venait d'être sauvée in extremis, Maman sourit à son tour. Ils sortirent d'excellente humeur, ce qui est très rare pour un couple marié depuis de si longues années et personne ne prêta attention aux oreilles de Papa pendant toute la soirée. Peut-être même les oublia-t-il lui aussi.

Mais ce fut bien la dernière fois qu'il en eut le loisir, car le lendemain matin, la chose sautait aux yeux, même pour qui s'efforçait de ne pas voir – un peu comme lorsque les parents disent à leurs enfants de ne pas dévisager les handicapés ou les attardés mentaux et que l'effort pour ne pas regarder se voit bien davantage que si l'on avait regardé en premier lieu.

Maman fut la première à s'efforcer de ne pas regarder, tout simplement parce qu'elle n'en crut pas ses yeux. Comme à l'accoutumée, elle s'était réveillée avant Papa, qui, en homme droit et simple, dort toujours du sommeil du juste.

Elle s'étira paresseusement, un sourire niais sur le visage, celui qu'elle affiche toujours lorsqu'ils ont passé la nuit à faire tous ces bruits – il m'avait fallu un certain temps pour comprendre qu'ils ne s'infligeaient aucune souffrance l'un à l'autre, bien au contraire. Pourquoi sinon le visage de Maman ressemblerait-il à un *smiley* tout le restant de la journée ?

Lorsqu'elle eut fini de s'étirer, elle se tourna vers Papa, qui avait bien mérité un bisou matinal en guise de bonjour. Penchée sur lui, les yeux mi-clos, elle sentit brusquement quelque chose lui picoter la narine et se mit à éternuer, parce qu'elle est allergique en période de floraison. Après avoir essuyé ses yeux larmoyants, elle tourna la tête pour voir ce qui l'avait piquée. Et ce qu'elle vit était si étrange, si incroyable, qu'elle referma les yeux, les rouvrit et les frotta pour s'assurer qu'elle ne rêvait pas, comme elle l'expliqua par la suite à son amie Tamar. Mais la chose continuait à sortir de l'oreille de Papa, qui continuait à dormir comme un bébé. Pour plus de sûreté, Maman chaussa ses lunettes de vue et se rapprocha encore un peu de Papa.

Elle vit alors clairement qu'il s'agissait d'un minuscule olivier, muni de toutes petites feuilles et de très fines branches, plus fines encore que les mains de Noga.

Et si l'olivier n'était pas sorti de l'oreille de son mari, elle l'aurait certainement trouvé très mignon.

6

Grand soleil, arbre en fleurs

« Te réveiller un beau matin pour t'apercevoir qu'un olivier, même tout petit, sort de l'oreille de ton mari, n'est pas l'expérience la plus agréable qui soit, raconta Maman à son amie Tamar quelques jours plus tard, alors que Papa et elle-même couraient déjà les médecins.

– Cette expérience est encore moins agréable pour le mari en question », ajouta Papa.

Mais cette conversation n'a pas encore eu lieu, nous en sommes au réveil de Maman, qui, ce matin-là, est heureuse, rappelons-le, comme si tous les problèmes du monde avaient disparu en même temps que leur découvert à la banque.

Après avoir chaussé ses lunettes pour s'assurer que ce qu'elle avait vu était bel et bien ce qu'elle croyait voir, elle décida de les enlever et de refermer les yeux, espérant être encore endormie. Peut-être que tout ce qui s'était produit jusqu'à l'instant où elle avait refermé les yeux n'était qu'un rêve. Un rêve tellement étrange qu'il serait intéressant d'en parler lors de sa prochaine séance.

Cette pensée l'encouragea un tant soit peu. Ces derniers temps, ses séances de thérapie avaient souvent été gaspillées en silences, ce qui plaisait peut-être à la thérapeute qui recevait ses honoraires quoi qu'il arrive, mais nullement à Maman qui la payait à la minute et non au nombre de mots qui sortaient de sa bouche. Payer quatre cents shekels pour une séance au cours de laquelle Maman prononce, disons, dix mots, revient à quarante shekels le mot, ce qui fait vraiment très cher la séance, quand bien même elles discuteraient en latin ou en sanscrit.

Papa fit le même calcul et conseilla à Maman de parler le plus possible, afin de baisser le coût du mot et de rentabiliser les séances d'un point de vue financier. De tous les autres points de vue, d'après lui, cette thérapie ne valait rien. Il avait pris une feuille de papier qu'il se mit à couvrir de chiffres :

« Il n'est pas étonnant que vous ayez épuisé tous les sujets de conversation au bout de 248 séances ! De quoi peut-on bien papoter après 12 400 minutes de conversation, pratiquement 207 heures ? demanda Papa, en secouant la feuille. Avec qui as-tu parlé 207 heures dans ta vie ?

– Certainement avec toi, non ?

– Enfin, Smadar, lança Papa sur un ton méprisant, fais le calcul toi-même. Nous parlons peut-être en tout et pour tout deux minutes par jour, et crois-moi, c'est deux fois plus qu'un couple moyen.

– Rien que maintenant, nous parlons davantage.

– Parce que nous parlons du temps que nous passons à parler et que les discussions sur le temps passé à parler prennent toujours plus de temps que les discussions elles-mêmes. Pense à tous ces jours au cours desquels nous ne nous disons rien, ou lorsque nous nous contentons d'un bref compte-rendu sur ce qui s'est produit, ou sur ce qui doit se produire, du genre : Tu as payé la taxe foncière ? Tu as appelé un réparateur pour la machine à laver ?

– C'est vraiment odieux ce que tu me racontes là, déclara Maman, après un instant de réflexion.

– C'est bien pour cela que tu vas chez la psy, non ?

– Mais chez elle je ne parle pas davantage et c'est tout aussi déprimant.

– À la lumière de ce constat..., commença Papa, avant de s'interrompre pour se lancer dans un autre calcul : Après avoir sorti 99 200 shekels en séances de thérapie, tu devrais te retrouver à la maison, d'excellente humeur.

– J'ai payé tout ça en séances de thérapie ? » demanda Maman, effrayée.

Papa lui mit sous les yeux la feuille avec le détail des calculs et lui expliqua à nouveau sa théorie selon laquelle les dépenses infimes s'ajoutent aux petites dépenses, qui s'ajoutent aux grandes dépenses qui, à leur tour, s'ajoutent aux énormes dépenses, de même que « la libération de la terre d'Israël s'est faite *dunam* [1] après *dunam* et chèvre et après chèvre », grâce à tous les centimes déposés dans les boîtes bleues du Keren Kayemet [2], par des gens qui, au

1. Unité de mesure de surface couramment utilisée dans l'Empire ottoman, correspondant environ à 1 000 mètres carrés.

2. Fonds national juif créé en 1901, le Keren Kayemet LeIsraël (KKL) est destiné au rachat des terres en Palestine, à la préparation des candidats

contraire de Maman, savent que chaque centime s'ajoute aux centimes précédents qui finissent par constituer une énorme somme.

Maman se sentit très coupable d'avoir gaspillé tant d'argent en silences, tout au long de l'année passée. On comprend donc aisément qu'en décidant, ce matin-là, que l'arbre dans l'oreille de Papa n'était rien de plus qu'un rêve, elle se fût sentie heureuse. Avec un rêve de ce genre, on pouvait facilement tenir trois ou quatre séances au cours desquelles on parlerait surtout de sexe, parce que l'oreille de Papa est féminine, alors que l'olivier est masculin et ces considérations amèneront la psy à poser à Maman toutes ces questions qu'elle aime tant, comme par exemple ce qu'ils ont fait hier soir, avant de se coucher.

Lorsque Maman eut décidé que la réalité n'était qu'un rêve, elle garda les yeux fermés afin que la métamorphose se produise pour de bon. Si la réalité peut influer sur nos rêves, pourquoi l'inverse ne serait-il pas vrai ?

Après être restée allongée un long moment, les yeux clos, elle ouvrit enfin la bouche en un bâillement gigantesque pour plus de sécurité. Puis, les yeux toujours clos, elle s'étira et ne leva les paupières que très lentement, comme si elle venait juste de se réveiller, tout cela afin d'annuler ce qu'elle avait vu à son premier réveil.

à l'émigration sur le terrain ainsi qu'à la plantation de forêts. Le KKL a longtemps été financé par des dons déposés dans des boîtes de métal bleues et blanches, qui sont encore en circulation aujourd'hui dans la plupart des foyers juifs de par le monde.

C'est là une erreur commune à bon nombre de personnes qui pensent que l'on peut nier quelque chose, ou qui décident qu'elles n'ont rien vu, ou qui regardent quelque chose tout en refusant de croire à ce que leurs yeux leur renvoient. Et la chose étrange ou effrayante sort ainsi de leur existence, sans faire de bruit, comme le mirage d'une oasis dans le désert disparaît au moment où celui qui est sur le point de mourir de soif s'en approche.

Sauf que ce fut tout le contraire qui arriva à Maman. Alors que d'aucuns espèrent que ce qu'ils voient est effectivement la réalité, Maman, elle, espérait que la réalité, pour peu qu'on le veuille, ne fût qu'imagination.

On ne saurait cependant supprimer un olivier qui pousse à l'intérieur de l'oreille de son mari, pas plus qu'il n'est possible de le brûler ou de le déraciner de force. Mais elle ne l'apprendrait que plus tard.

Pour l'heure, elle ignore encore tout cela et veut croire qu'en employant la méthode adéquate, elle pourra se débarrasser de cette calamité. Et, puisqu'il ne lui vient aucune illumination pendant qu'elle maintient les yeux fermés, elle continue à appliquer la méthode précédente – qui s'est pourtant révélée inefficace – consistant à feindre l'ignorance.

Elle tente d'en renforcer l'efficacité en adressant une prière à Dieu, en qui elle ne croit pas, pour lui demander de bien vouloir faire disparaître cette chose, démontrant ainsi, une fois de plus, que même les gens intelligents ne tirent aucun enseignement de leurs propres erreurs et que l'espoir et la foi ne doivent pas se substituer à la raison, comme me l'avait expliqué Papy cette fois où j'avais prié pour que la professeur de Bible meure sur le chemin de l'école, le jour de l'examen.

« Tu peux résoudre la question de deux manières », m'avait dit Papy, après que je lui eus parlé de ma prière, « ou bien tu révises sérieusement ton examen, ou bien tu tues la professeur. Ne t'en remets pas à Dieu, qui n'existe pas, ni à des concours de circonstances hasardeux, qui eux, existent bel et bien, mais ne surviennent jamais sur commande. Ne t'en remets qu'à ton jugement et à ta force. Puisque l'option de tuer ta professeur, quand bien même elle serait réalisable techniquement, n'est pas envisageable, il ne te reste que la première possibilité, à savoir réviser. »

Cet exemple précis est bien la preuve que même Papy peut parfois se tromper, parce qu'il existe en réalité trois possibilités : 1. Tuer la professeur ; 2. Apprendre son cours ; 3. Ne pas réviser et rater l'examen. Inutile de préciser que c'est cette dernière possibilité que j'ai choisie. À moins que ce ne soit elle qui m'ait choisi. Le débat est ouvert.

Après que Maman eut prié Dieu de bien vouloir faire disparaître la chose, elle décida, pour plus d'efficacité, de ne pas regarder Papa jusqu'à ce qu'elle eût fini de boire son café, un peu comme Orphée qui, à condition de ne pas se retourner, pourra ramener Eurydice du royaume des morts. Ou encore la femme de Loth – que je me représente sous les traits de la professeur de Bible – qui doit s'enfuir sans se retourner. Comme chacun sait, Orphée échoua dans sa mission, et l'on observe aujourd'hui encore, lorsque l'on se rend à la mer Morte, ce qu'il advint à la femme de Loth qui regarda en arrière et fut transformée en colonne de sel.

Mais, chapeau bas, Maman est faite d'une tout autre étoffe. Sa force de caractère est plus grande que tout, comme elle nous le démontrera sous peu. Orphée avait dû revenir du royaume des morts, la femme de Loth, elle, avait dû courir d'ardus sentiers de montagne. Maman, elle, n'avait qu'à passer de la salle de bains à la cuisine, un trajet court et facile. À ce simple constat, elle souriait déjà, parce qu'elle sentait qu'elle allait réussir.

Assise au bord du lit, le dos tourné à Papa, elle choisit d'emprunter un trajet long (comparativement !), qui lui permettrait de ne pas même apercevoir ne serait-ce qu'un orteil de Papa. Après s'être lavé les dents, elle sortit de la salle de bains et traversa rapidement la chambre, comme si elle avait reçu l'ordre de marcher au pas, à droite toute !

Elle arriva à la cuisine avec le sentiment que la ruse ne pouvait que fonctionner, puisqu'elle avait parfaitement accompli sa mission, à tel point que même ce salaud d'Hadès n'aurait rien trouvé à y redire.

Papa continuait de ronfler paisiblement, comme si de rien n'était. En temps ordinaire, Maman l'aurait réveillé en lui criant de changer de côté ou d'aller voir un spécialiste du sommeil, parce qu'à moins qu'il ne meure d'asphyxie avant, ces bruits de scie allaient la rendre folle. À croire qu'elle partageait son lit avec tout un atelier de menuiserie.

Non seulement cette fois-ci elle ne le réveilla pas, mais elle se réjouit même de son sommeil, se persuadant que puisque Papa ronflait, ce matin comme tous les matins, c'était que tout allait bien.

Ce qu'elle avait cru apercevoir n'était qu'un rêve qu'elle interpréterait avec sa thérapeute. Laquelle, comme à l'accoutumée, le triturerait dans tous les sens et en tirerait des conclusions aberrantes selon Papa.

Elle entra dans la cuisine, se prépara une tasse de café, et, la tasse à la main, s'installa sur le balcon avec un journal. Et se mit à lire. Tout était parfaitement normal : grand soleil, chute du cours de la bourse, deux suspects palestiniens – une fillette de deux ans et un garçon de quatre ans – tués par un jeune Israélien, tireur d'élite chez les parachutistes, qui ne pouvait pas deviner en les voyant vagabonder sur l'aire de jeux abandonnée qu'ils n'avaient pas pour but de la transformer en base d'envoi de roquettes, qu'on ne vienne donc pas l'incriminer lui, mais plutôt les parents des deux enfants, qui ne prennent pas soin de leur progéniture comme il se doit ou qui les envoient même en mission suicide, des milliers de morts dans une inondation au Bangladesh, révélation de quatre affaires de corruption pour des marchés publics, des milliers d'espèces animales menacées d'extinction par le réchauffement climatique, restriction budgétaire dans l'éducation, afin de transformer encore plus les enfants israéliens en imbéciles, peut-être une guerre avec la Syrie pour l'été, et très prochainement la bombe nucléaire aux mains de l'Iran, qui pourra alors anéantir Israël en moins d'une seconde.

Ces nouvelles apaisèrent beaucoup Maman, parce que c'était la vie courante, et si on y ajoutait le goût du café, les vociférations de la voisine qui insultait son nul de mari, et le jardinier qui, comme tous les vendredis, faisait beaucoup de bruit pour rien dans le jardin en contrebas, ce dernier ayant exactement le même aspect après son passage qu'avant, pourquoi justement chez elle, ou plus précisément dans l'oreille de son mari, se passerait-il quelque chose de tellement extraordinaire ? En souriant, elle se dit qu'elle devait être bien bête pour croire à de pareilles idioties et retourna à la cuisine pour faire la vaisselle d'hier.

Elle avait retrouvé sa bonne humeur et s'était même mise à siffloter *Eykh ze shekokhav ekhad kevad meez*[1]. Perdue dans ses pensées, elle essuya les couverts et les rangea dans le tiroir lorsque soudain elle se rendit compte qu'elle parlait à voix haute. « C'était certainement un rêve. »

Elle entendit Papa demander si elle avait dit quelque chose, mais elle ne se retourna pas, afin de profiter quelques instants de plus de l'illusion du rêve. Papa, qui était entré dans la cuisine, lui demanda depuis quand elle parlait toute seule. Elle essuya une assiette, la rangea dans le placard et, sans se retourner, se remit à chantonner. Papa se joignit à elle et tous deux firent un joli duo. Tout en chantant, il lui demanda si elle avait déjà pris

1. « Comment une étoile à elle seule pourrait oser. »

son café, elle répondit que oui sur le même air, mais qu'elle serait ravie d'en boire un autre en sa compagnie.

Elle se tourna vers Papa, une tasse de porcelaine précieuse à la main – celle qui s'était transmise dans la famille de Papa, de génération en génération, directement depuis la cuisine d'Ève, notre mère à tous – et vit qu'un olivier sortait de son oreille. Lequel, de surcroît, avait entre-temps pris quelques centimètres.

La tasse lui échappa des mains et se brisa en mille morceaux. Bien que chacun des morceaux eût valu une fortune, parce que c'était de la porcelaine de Meissen, elle ne leur prêta pas attention, mais garda les yeux rivés sur Papa qui, lui, fixait les débris d'un air horrifié. Comment allait-il expliquer à sa mère qu'une tasse en porcelaine de Meissen, vieille de trois cents ans, œuvre de Johann Friedrich Böttger lui-même, une pièce héritée d'Avraham Hochberg, le fondateur de la famille de Mamie, s'était cassée ?

Papa tomba à genoux, le cœur brisé. Il secoua la tête de gauche à droite, comme le fait Grand-mère lorsqu'elle dit *Oy vavoy*[1], en touchant du doigt les débris comme pour essayer de reconstituer la tasse, alors que même pour des puzzles qui comportent beaucoup moins de pièces, il ne s'en sort pas très bien. « Le Meissen… Le Meissen… Qu'est-ce que je vais dire à Maman ? »

1. Interjection d'origine russe, couramment utilisée en yiddish, et plus récemment en hébreu, pour signifier la survenue d'un malheur.

Il finit par relever le visage vers Maman, en lui demandant pourquoi elle n'avait pas manipulé cet objet si précieux avec plus de soin. Mais cette dernière continuait à fixer son oreille, pétrifiée, avec un air tellement étrange que Papa lui demanda si elle se sentait bien.

« C'est plutôt à toi qu'il faudrait poser cette question…

– Jusqu'à ce que tu casses le Meissen, je me sentais en pleine forme, merci, siffla Papa en regardant à nouveau les débris de porcelaine. Tu crois qu'on pourra les recoller ?

– Apparemment pas, non, mais c'est bien le cadet de mes soucis.

– Le Meissen est le cadet de tes soucis, mais dans quel monde tu vis ? demanda Papa avec étonnement tout en trifouillant dans les débris, tu sais que c'est ce Meissen que Mamie nous a donné lorsque nous nous sommes mariés. C'est ce qu'elle a de plus précieux au monde, hormis peut-être ses petits-enfants…

– Et pourtant il y a quelque chose qui m'embête davantage.

– Mais tu ne sais pas ce que tu dis ! L'ouragan qui s'est abattu sur nous quand nous ne sommes pas rentrés à temps de l'étranger pour le mariage de ma sœur ne sera rien en comparaison de ce qui nous attend, lorsque nous apprendrons à Mamie ce qui est arrivé à son Meissen.

– Ce Meissen est le cadet de mes soucis, répéta Maman, tout en continuant à regarder l'étrange mutation qui sortait de l'oreille de son mari.

– Mais tu vis sur une autre planète si tu ne comprends pas l'étendue du désastre qui est sur le point de s'abattre sur nous !

– Il y a désastre et désastre, répliqua Maman.

– Il s'est passé quelque chose ? » demanda Papa.

Maman se contenta de faire un mouvement de la tête, qui ne laissait pas entendre si, oui ou non, il était arrivé quelque chose.

Papa réfléchit un instant et suggéra de chercher une excuse vraiment convaincante à propos de la tasse.

« Je connais une histoire vraie qui fera oublier à tout le monde, et en premier lieu à ta mère, l'incident du Meissen, répliqua Maman.

– Quelle histoire ? Il faut que nos versions concordent », déclara Papa.

Maman se tut un long moment, en réfléchissant à la formulation la plus délicate possible, et finit par dire : « Tu as remarqué qu'un olivier sort de ton oreille ? »

Heureusement que le Meissen était déjà cassé, parce que si Papa l'avait eu entre les mains à cet instant-là, nul doute que le bol lui aurait échappé et se serait brisé une seconde fois. Il ouvrit et referma la bouche comme les chanteurs à la télévision lorsque Maman coupe le son. Aucun son ne sortit de sa bouche et ce n'est qu'au prix d'un immense effort qu'il retrouva sa voix et parvint à demander : « Qu'est-ce que tu as dit ?

– Tu as très bien entendu, mais peut-être que d'une seule oreille. »

Papa porta une main à l'oreille qui n'entendait pas et la retira aussitôt, parce qu'il s'était heurté à quelque chose. Il approcha à nouveau la main, plus prudemment, et effleura les branches minuscules de l'olivier.

Puis il courut à la salle de bains et poussa un hurlement épouvantable qui nous réveilla en sursaut, Noga et moi.

7

Premier diagnostic

Papa resta allongé une heure entière sur la grande table de la cuisine, le temps que Grand-père puisse procéder à un examen approfondi à l'aide d'un microscope énorme qu'il avait apporté de l'université. À chaque fois que Papa bougeait ou lui demandait son avis sur ce qu'il voyait – « De quoi s'agit-il exactement ? Comment une telle chose a-t-elle pu arriver dans mon oreille ? » – Papy le priait de se taire, parce que les mouvements de la mâchoire inférieure ébranlaient l'ensemble de la région placée sous observation, l'empêchant d'accéder à la source du problème.

Il faisait très chaud dans la cuisine, nous y avions transporté toutes les lampes de la maison pour les diriger vers l'oreille de Papa, afin que Papy eût suffisamment de lumière. Et si nous avions chaud, nul doute qu'à l'intérieur de l'oreille de Papa, il devait faire une chaleur étouffante. À plusieurs reprises, il se plaignit de ce que son oreille le brûlait, mais Papy le rembarra à chaque fois, lui intimant de se taire s'il voulait que l'examen prenne fin rapidement.

Sans lever les yeux du microscope, Papy nous informait de ses découvertes, tandis que Mamie prenait tout en note : « Une tige, d'une longueur de trois centimètres environ, se fraye un chemin vers le haut, le long du conduit auditif jusqu'au bord externe de l'oreille. La partie inférieure de la tige, ou du tronc, est apparemment fichée dans la membrane du tympan, tu notes ? »

Tout en écrivant, Mamie répétait ce qu'il venait de dire pour confirmer qu'elle avait bien noté. De temps à autre, elle émettait des réserves, déclarant, par exemple, qu'il était impossible de voir jusqu'à la membrane du tympan, si ses souvenirs en anatomie étaient exacts, surtout avec tous ces nids de crasse qui la dissimulent.

« N'est-ce pas, Smadar ? » demandait-elle à ma mère, mais Papy la fit taire d'un « Silence ! » impérieux. Il demanda à nouveau si elle notait bien consciencieusement ce qu'il lui dictait, le moindre détail étant susceptible de se révéler décisif, pour trouver une solution au mystère « qui pousse dans l'oreille de ton fils ». Il prononça ces mots sur un ton vaguement accusateur, comme si Mamie était responsable de ce « phénomène fantastique », comme il appellerait l'arbre, plus tard, devant une équipe de botanistes de haut niveau.

Mais tout cela n'arrivera que par la suite. Papa se sera déjà alors transformé en un événement international et des promoteurs diligents lui auront proposé des actions dans sa propre transformation en un site d'attraction touristique, bénéficiant du soutien du ministère du Tourisme et du conseil des Colons.

Pour le moment, Papy en est encore à dicter ses découvertes à Mamie, qui joue les sténographes : « Puisque la membrane du tympan cache mon champ de vision, je ne peux que supposer que les racines de l'arbre ont leur origine sous la région de la trompe auditive… Tu as noté ?

– C'est noté, acquiesça Mamie.

– Le diamètre du tronc, à sa base, mesure environ trois millimètres et à son sommet, un millimètre. On peut observer cinq petites ramifications, apparemment des branches, de même que de jeunes feuilles bourgeonnantes de l'ordre du micro millimètre. Tu as noté ?

– C'est noté. Tu crois qu'il pourrait s'agir d'un problème génétique ? demanda Mamie.

– Pourquoi, quelqu'un de ta famille a déjà souffert de ce phénomène ?

– Quelqu'un de ma famille ? protesta Mamie, en colère. Pourquoi justement quelqu'un de *ma* famille ?

– Parce que tu te demandes si ce phénomène pourrait avoir une cause génétique. J'ai donc supposé que tu faisais allusion à un cas précis, d'autant qu'il y a eu de nombreuses anomalies dans ta famille.

– Des anomalies dans ma famille ? répéta Mamie, en se redressant. Je ne sais pas de quoi tu parles.

– Ruben aux oreilles de cheval, par exemple, répondit Papy, évoquant l'une des étrangetés dans la famille de sa femme.

– Ruben aux oreilles de cheval ne fait pas partie de ma famille !

– Si le frère de ton père ne fait pas partie de la famille, alors d'où sort-il ?

– Voyons Boaz ! » s'exclama Mamie. Mais elle ne parvint pas à arrêter Papy qui ajouta qu'Oreilles de cheval n'était rien comparé à son étrange cousin, « comment s'appelait-il, celui avec la langue fendue ? ».

Mamie s'empressa de lui rappeler que c'était pour examiner son fils qu'il était là et non pour raconter des histoires inventées de toutes pièces. « Boaz, voyons, j'accepterais ces bêtises de tout autre, mais pas d'un scientifique de renom comme toi. » Les compliments de ce genre fonctionnent toujours avec Papy, qui abandonna donc Mamie pour reporter son attention sur l'oreille en souffrance.

Je demandai de temps à autre à jeter un coup d'œil, moi aussi, et lorsque Papy me le permit, je pus me rendre compte à mon tour qu'un arbre poussait dans l'oreille de Papa. Mamie revint à la charge avec ses suppositions génétiques et tenta de clarifier avec son époux s'il ne pouvait pas s'agir de gènes qui seraient arrivés chez Papa par la famille de Maman.

« Comme tu le sais, il n'existe aucun lien génétique entre un mari et sa femme, sauf dans le cas des mariages consanguins, lui répondit Papy sans lever la tête du microscope.

– C'est exact, répliqua Mamie, mais j'ai lu je ne sais où qu'il pouvait y avoir une influence génétique par intuition ou suggestion.

– Mieux vaudrait acquérir des connaissances scientifiques dans les publications sérieuses, plutôt que dans les magazines féminins ou les suppléments santé des quotidiens qui regorgent de sottises ou de semivérités, lui répondit Papy, méprisant. L'explication de cette mutation étrange est ailleurs, conclut-il d'un air mystérieux.

– Et où donc ? » s'inquiéta Papa qui commençait à trouver le temps long, allongé sur la table de la cuisine, sans bouger, comme si toute cette agitation ne le concernait pas le moins du monde.

« Je t'ai pourtant bien demandé de ne pas bouger, non ? » le tança Papy. Papa se tut. Peut-être espérait-il qu'en se montrant coopératif, tout finirait par rentrer dans l'ordre.

Au bout d'une heure, Papy rangea le microscope en déclarant qu'il n'était certes pas botaniste, mais qu'il lui semblait que Papa avait bel et bien un olivier dans l'oreille, exactement ce que Maman avait dit sans procéder à aucun examen au microscope.

« Qu'est-ce que ça veut dire ? demanda Papa, tandis que Maman affichait un sourire victorieux.

– Il m'est difficile de te donner une réponse fiable, répliqua Papy. Comme tu le sais, la botanique n'est pas mon domaine.

– Mais alors pourquoi m'as-tu demandé de rester allongé sur cette table une demi-journée si c'est pour me dire à la fin que tu n'as rien à me dire ? se plaignit Papa.

– Tu n'espérais tout de même pas que je te dise que je n'ai rien à dire avant même de t'avoir examiné et de savoir que je n'aurais rien à dire. Maintenant, je peux te garantir de façon scientifique que je n'ai rien à dire… C'est là toute la beauté de la science. Tu te mets en chemin, plein d'étonnement et de curiosité, sans être certain que le chemin te conduira à la solution du problème qui t'a poussé à te mettre en route en premier lieu, ajouta Papy, tout en éteignant les lampes éblouissantes alentour.

– Je suis resté allongé six mois sur la table de la cuisine au nom de la foutue beauté de la science ? » s'écria Papa.

Mamie lui fit remarquer qu'il n'était pas correct d'employer un tel vocabulaire, mais Papy la fit taire aussitôt : « Je te rappelle que ce n'est pas moi qui ai pris l'initiative de l'examen, c'est ton fils qui m'a appelé en me suppliant de venir jeter un coup d'œil, et c'est exactement ce que j'ai fait. J'ai jeté un coup d'œil. Désormais, j'ai établi de façon certaine n'avoir aucune explication à ce phénomène intéressant, ni d'ailleurs aucune légitimité professionnelle en la matière.

– Que dois-je faire à ton avis ? Faire venir un botaniste ? lui demanda Papa.

– Les choses sont un peu plus complexes, répondit Papy après un instant de réflexion, parce que ce problème dans ton oreille relève simultanément de plusieurs domaines différents : l'arbre relève de la botanique et de l'agriculture. Le fait qu'il se développe démontre qu'il s'agit d'une sorte d'excroissance, relevant par conséquent de l'oncologie. Le lieu de son implantation relève évidemment de la médecine ORL et le fait que ses racines plongent sous la membrane du tympan et atteignent peut-être déjà le cerveau, exige qu'un neurologue se penche sur la question. »

Papy se tut, afin de nous permettre à tous de digérer ces informations.

« Tu crois qu'il s'agit d'un cancer ? lui demanda Papa d'une voix éteinte.

– Qu'est-ce qui te fait dire ça ?

– Tu viens de parler d'oncologie… »

Mais Papy nous rassura, expliquant qu'il ne faisait qu'évoquer les multiples domaines scientifiques dont relevait le problème de Papa.

« Le souci, poursuivit Papy, après avoir longuement réfléchi, le front plissé, c'est que je ne connais aucun champ interdisciplinaire qui réunisse une telle variété de domaines d'études. Il faudrait convoquer un immense forum de spécialistes, lesquels parviendront peut-être, en joignant leurs efforts, à trouver une réponse.

– Un immense forum de spécialistes, répéta Papa, sans voix, l'air complètement désespéré. Mais qui va réunir un immense forum de spécialistes pour moi ? Qui suis-je donc, moi ? Un petit citoyen de rien du tout, qui ne compte même pas. »

Il était loin d'imaginer que son problème deviendrait la pierre d'achoppement du conflit israélo-palestinien. En attendant, personne ne vint le contredire, nous étions tous silencieusement d'accord avec lui. Il n'était qu'un petit citoyen de rien du tout, dont on ne se souvenait que lorsqu'il avait du retard dans le paiement de ses impôts, qu'il devait faire son service de réserve, ou lorsqu'il s'agissait de le séduire, avant les élections, afin de s'assurer qu'il vote pour le bon parti.

Papa glissa lourdement de la table et se dirigea vers la fenêtre pour regarder dehors, tel Moïse contemplant tristement, depuis le mont Nébo, la terre promise à laquelle il ne parviendrait jamais.

Il y avait cependant une énorme différence entre eux : Moïse était alors déjà un vieillard, sur le point de mourir de toute façon. Qu'avait-il à perdre ? Une terre balayée par le *hamsin* et couverte de trombidions, avec deux cent millions d'Arabes autour et un peuple qui, au mieux, l'aurait élu pour prendre la tête de l'opposition. En fin de compte, Moïse s'y retrouvait entre ce qu'il avait à perdre et à gagner.

Mais Papa, lui, était jeune, fou de ses deux magnifiques enfants chéris (Noga, cinq ans, et moi, douze ans et huit mois), il avait une femme dont il oubliait parfois qu'elle était formidable, un travail stable avec un salaire raisonnable, une maison dont il venait juste de finir de payer les traites. Et voici que brusquement, sans aucun avertissement préalable, d'une vie idéale, avec certes un petit souci de surpoids, il se retrouvait à son tour coincé au sommet du mont Nébo, avec un sale problème qui pouvait se transformer en je ne sais quoi encore.

Nous l'observâmes, le regard fixé sur une terre promise qui commençait à lui échapper. Après un long silence, et sans tourner la tête vers nous, il nous demanda notre avis.

« D'après moi, la seule personne qui se rapproche un tant soit peu d'un médecin interdisciplinaire, c'est le médecin de famille de la caisse maladie, déclara Mamie. Ils ont tout vu et connaissent tout, pas comme ces spécialistes à l'hôpital, qui ne considèrent chacun qu'une petite partie du corps. »

Et elle nous rappela le triste cas de Papy, qui souffrait, Dieu préserve, du testicule gauche, lequel le lançait jusqu'au genou. L'urologue et l'orthopédiste se disputaient pour savoir qui était compétent et jusqu'où, comme s'il était possible de tracer une frontière à l'intérieur du corps et de dire que d'ici à là s'étendait le territoire du testicule, tandis qu'à partir de là commençait celui du genou. Un spécialiste de la cuisse vint également mettre son grain de sel dans l'histoire, parce qu'il refusait que l'on empiète sur son territoire à lui, bien qu'il n'y eût guère que là que tous eussent pu se retrouver. Un néphrologue vint également s'en mêler, un médecin des reins en d'autres termes, spécialité qui, selon Mamie, frise l'absurde. « Parce que enfin quoi ? D'un coup, l'urologue, qui est spécialisé dans les voies urinaires, n'est plus en charge des reins, qui sont pourtant à l'origine du pipi ? C'est un peu comme si l'on disait à quelqu'un qui effectue des recherches sur le Nil que le lac Victoria est hors de sa compétence. Ça vous paraît logique ? »

L'espace d'un instant, nous oubliâmes l'olivier dans l'oreille de Papa pour nous concentrer sur le testicule malade de Papy, flottant sur les eaux troubles du lac Victoria, qui se meurt, envahi par les perches du Nil introduites par les colonisateurs blancs et qui sont bien pires que ces derniers qui les ont apportées en premier lieu. Car après que les perches du Nil eurent pratiquement exterminé toutes les tristramelles du lac, voilà qu'elles s'attaquaient au malheureux testicule de Papy pour le bousiller à son tour.

« Heureusement que tous les spécialistes se sont finalement accordés sur la nécessité d'une opération, dit Mamie, parce que s'ils avaient continué à discutailler encore un peu, il aurait été trop tard et qui sait ce qui… » Elle se tut et regarda Papy, qui s'était tourné vers elle à plusieurs reprises, lui demandant d'épargner ces détails très intimes – relevant, en outre, du secret médical, que Mamie venait joyeusement d'envoyer valser – à ses enfants et petits-enfants.

« De quoi as-tu tellement honte ? lui demanda-t-elle sur un ton cinglant, je ne fais que parler d'un problème médical, non d'un défaut que tu aurais et Dieu merci, tout s'est bien terminé, en dépit d'un million de spécialistes.

– Le tact n'a jamais été ton fort. Je te demande de respecter ma volonté et de cesser de déblatérer sur mon état de santé », déclara Papy.

Son ton était ferme, plein d'autorité, et un silence tendu se fit dans la pièce, jusqu'à ce que Maman dise qu'elle allait prendre rendez-vous avec le docteur Rosenberg, notre médecin de famille de longue date, du temps de la jeunesse de Mamie et de l'enfance de Papa. Ce docteur Rosenberg avait même connu, étudiant, le docteur Yaacov Winshel, créateur de la caisse maladie Léoumit, que Papy et Mamie ne quitteraient pour rien au monde.

« Lui seul, avec toute son expérience, saura ce qu'il faut faire », assura Mamie en jetant un coup d'œil à Papy pour obtenir son approbation. Mais ce dernier répliqua que malgré tout le respect qu'il avait pour le docteur Rosenberg, disciple des fondateurs de la caisse maladie, renvoyés de la Clalit à la suite du meurtre d'Arlozorov[1], il doutait grandement que ce vieux Terakh[2] (avait-il même entendu parler de l'invention des antibiotiques ?) soit la bonne adresse pour régler cet épineux problème.

« Il nous faut l'intervention d'un hôpital de pointe, en mesure d'établir un diagnostic différentiel, conclut-il.

– Même un voyage de mille kilomètres commence par le premier pas », déclara Maman. En l'occurrence le formulaire 17 de la caisse maladie.

1. Sioniste, dirigeant du mouvement des travailleurs, poète et politicien, Arlozorov (1899-1933) est notamment connu pour avoir défendu l'idée d'un État d'Israël et du retour des Juifs sur la terre d'Israël.

2. Personnage biblique, père d'Abraham, symbole d'une adhésion à un culte idolâtre, dont son fils Abraham va se dissocier, en adhérant au monothéisme.

8

Des progrès

La première difficulté survint avant même que nous ayons posé un pied dehors pour nous rendre au centre médical. Papa s'était retranché dans un fauteuil devant la télévision, et zappait comme un fou, expliquant à Maman et à Mamie que même un jugement du tribunal ne saurait le traîner dehors dans cet état.

« S'il y a une chose pire que de vivre avec un hypocondriaque, déclara Maman à son amie, la grosse Hadassa, peu de temps avant la triste fin de toute cette affaire, c'est bien de vivre avec un hypocondriaque qui a peur des médecins. Tu vois le tableau ? Désirer plus que tout aller chez le médecin, et le craindre encore plus ! C'est une contradiction intérieure tellement forte que cela ne peut que causer des tonnes de problèmes pour les proches. »

L'air triste, Hadassa répondit à Maman qu'elle comprenait parfaitement la situation, semblable à celle dans laquelle se trouvent les gros qui souhaitent ardemment maigrir, tout en étant sujet à des fringales pour tout ce qui fait grossir.

« Mais toi, tu ne passes pas tout ton temps à te plaindre, alors que Roy, oui. »

Pour une fois, je comprenais Papa. Dans ma classe, il y a des filles qui refusent d'aller à l'école parce qu'elles ont un petit bouton sur la figure, et peu importe les efforts que l'on déploie pour leur démontrer à quel point le bouton est minuscule, si minuscule en fait qu'il n'existe quasiment que dans leur tête. Que dire alors d'un olivier qui vous sort de l'oreille ?

« Mais tu n'es pas une petite fille. Un homme adulte doit être capable d'affronter tout, même des choses désagréables. » Papa ne se montra pas impressionné par la plaidoirie de sa femme.

« Les adultes n'affrontent pratiquement rien, ils balaient les problèmes sous le tapis en espérant que tout ira bien, ou alors ils déclenchent des guerres pour les noyer dans des fleuves de sang ! lui lança-t-il en colère.

– Il serait sans doute un peu compliqué de balayer sous le tapis l'olivier qui te pousse dans l'oreille, répliqua Maman. Je n'ai pas non plus l'intention de le noyer dans le sang et je te demande par conséquent de te prendre en main ! »

Papa contempla un instant ses mains, pour les fourrer aussitôt tout au fond de ses poches, afin qu'il soit clair pour tout le monde que ces deux-là n'allaient le conduire nulle part.

« Enfin, Royke, dit Maman, en changeant de tactique, comment allons-nous mettre fin à toute cette affaire, si tu n'y mets pas du tien ? Je ne peux pas aller au centre médical à ta place. Trouve donc un moyen de cacher la chose, s'il te plaît. »

Papa retira une main de sa poche, pour vérifier l'état de l'arbre, qui avait encore grandi de quelques millimètres, et fit la grimace : « Comment veux-tu que je cache cet arbre, sans passer pour un parfait imbécile ? »

Pendant que Maman réfléchissait, hésitant très certainement entre un grand chapeau, un bandana, un foulard ou encore le kéfié qu'elle avait acheté à Tulkarem – à l'époque où il était encore possible de s'y rendre sans se faire lyncher par des terroristes – Mamie s'en mêla en venant se ranger du côté de Papa : est-ce que Maman sortirait dans la rue dans cet état, elle ?

« Je ne m'enterrerais certainement pas à la maison », parce que si l'on voulait s'occuper de la chose – ils en étaient revenus à « la chose », comme si le fait de ne pas prononcer son véritable nom avait le pouvoir de la faire disparaître – il fallait bouger ses fesses et affronter courageusement le problème. Et non se cacher dans les jupes de Môman.

« Apporte-moi donc une paire de ciseaux ou un sécateur, au lieu d'accuser ton mari, lui demanda soudainement Mamie, je viens d'avoir une idée.

– Comment n'y ai-je pas pensé moi-même ! s'écria Maman, oubliant d'un coup sa colère.

– Si tu avais un peu moins parlé et un peu plus réfléchi, au lieu de crier sur mon fils et de l'insulter, même *toi* tu aurais pu penser à une solution aussi élémentaire. »

Mais lorsque Maman approcha avec précaution les ciseaux de l'oreille de Papa, se saisit d'une branche et commença à resserrer les lames, Papa bondit de son fauteuil en hurlant, comme Van Gogh dut certainement le faire lorsqu'il se coupa l'oreille. Maman recula, effrayée, répétant les mots qu'elle adresse à Noga lorsqu'elle est sur le point de lui couper les ongles et que Noga se met à pleurnicher avant même que Maman ne l'ait touchée. « Pourquoi est-ce que tu bondis comme ça… ? Je ne t'ai même pas encore touché ! lui dit-elle tout en vérifiant que l'oreille de Papa était encore en place.

– Je ne sais pas si tu m'as touché ou pas, mais j'ai atrocement mal !

– C'est impossible, je suis certaine de n'avoir touché qu'à une branche de l'olivier !

– Tu sais toujours mieux que moi ce que je ressens, ces derniers temps ! » lui reprocha Papa, énervé.

Sans laisser à Maman le temps de répondre, Mamie se saisit du sécateur, en marmonnant quelque chose au sujet de cette femme qui avait deux mains gauches et qui était tellement maladroite qu'il n'était pas étonnant que sa maison ait toujours l'air d'avoir été dévastée par l'ouragan Katrina. « Laisse-moi faire, je vais te montrer comment on s'y prend », ajouta-t-elle, un peu plus fort.

Elle rassura Papa, en déclarant que c'était *elle* maintenant qui allait élaguer ses branches, qu'il veuille donc bien se tenir assis sans bouger, il savait qu'il pouvait compter sur sa mère. Et elle approcha très lentement le sécateur de l'oreille de son fils.

« Tu ne sens rien, tu vois ? demanda-t-elle alors qu'elle se trouvait à un mètre de distance.

– Non, c'est vrai, murmura Papa.

– Tu ne sens rien, n'est-ce-pas ? demanda-t-elle de nouveau, à cinquante centimètres.

– Non.

– Et maintenant, tu sens quelque chose ? » Le sécateur se trouvait à une vingtaine de centimètres de l'oreille. Papa, qui était assis, prêt à souffrir – les yeux fermés, il se mordait la lèvre inférieure – ouvrit un peu les yeux et répondit, en jetant un regard accusateur à Maman, que pour l'instant, il ne sentait rien.

« Que veux-tu, la lame est encore à un kilomètre de ton oreille ! » lui lança Maman, railleuse.

Mamie lui intima de se taire et déclara qu'elle l'habituait tout doucement, le secret dans ce genre de situation étant de procéder par étapes. Elle parvint soudain à la cime de l'arbre et, d'un geste rapide, coupa le bout d'une branche. Papa bondit de son fauteuil en poussant un cri encore plus terrible que le précédent, une main plaquée sur son oreille. Mamie s'écria qu'elle n'avait même pas touché l'oreille, uniquement une branche, qu'il veuille bien cesser de gémir comme un bébé. Maman lui jetait des regards de biais, satisfaite de voir que Mamie avait échoué, elle aussi, mais elle n'eut pas le temps d'arborer son sourire victorieux. Lorsque Papa ôta la main de son oreille, nous vîmes, pour notre plus grande frayeur, que l'une et l'autre étaient couvertes de sang.

Peut-être est-ce parce que je suis éclaireur et que je suis passé par toutes sortes d'entraînements, quoi qu'il en soit je fus le premier à me ressaisir. Je courus aussi vite que possible à la salle de bains et en revins avec la trousse de premiers secours. Maman et Mamie se jetèrent sur l'oreille de Papa avec force désinfectant, compresses pour éponger le sang et pansements et, tout en se gênant l'une l'autre – elles se lançaient sans cesse des « arrête ! » ou « laisse-moi faire ! » ou « pas comme ça… comme ça ! » – elles parvinrent finalement à faire cesser l'hémorragie, après que l'olivier eût presque été noyé dans le sang.

S'ensuivit alors une dispute pour localiser la blessure. Elles avaient beau examiner l'oreille, avec ou sans lunettes, elles ne voyaient rien. Lorsque soudain, à leur grande surprise, elles aperçurent une goutte de sang qui coulait du bout de la branche que Mamie avait coupée. « Est-ce que tu vois ce que je vois ? demanda Maman à Mamie en désignant la minuscule blessure au sommet de l'olivier.

– C'est impossible », déclara Mamie, penchée sur l'oreille de son fils. Lorsque Papa, allongé sur la grande table à manger, tenta de s'en mêler ou de tendre l'autre oreille, afin de récolter quelques informations sur l'état de cette dernière, elles lui intimèrent d'une même voix de se taire et lui ordonnèrent de se tenir tranquille, avant de se mettre à discuter à voix basse.

Mamie déclara que l'arbre, Dieu préserve, s'était peut-être connecté à la circulation sanguine de Papa. Lorsque ce dernier s'enquit de nouveau de ce qui se passait, Maman répondit qu'elle allait procéder à une petite expérience. Inutile de s'effrayer, même si c'était un peu douloureux. Il protesta, déclarant qu'il n'était pas disposé à servir de cobaye, mais elle lui demanda de se taire. Il fallait bien s'assurer que son soupçon et celui de Mamie était fondé. Car si c'était le cas, cela changeait tout.

« Comment ça, cela change tout ?

– C'est justement ce que je suis sur le point de vérifier », répondit-elle.

Papa la supplia de faire tout doucement, ferma les yeux et serra les dents. Elle approcha tout doucement son doigt de la branche blessée, jusqu'à l'effleurer très délicatement. Elle était sur le point de lui poser une question, mais avant même que le moindre son ait pu franchir ses lèvres, il hurla qu'on veuille bien laisser son oreille en paix.

« Tu as *senti* ça ? lui demanda-t-elle, ahurie.

– Évidemment ! Tu as touché ma blessure. Tu n'as pas remarqué ? » Maman et Mamie échangèrent un regard significatif et Papa, surprenant leur coalition, comprit qu'on lui cachait quelque chose et exigea des explications.

« Il se passe quelque chose de terrible dans ton oreille, lui répondit Maman.

– Quelque chose de nouveau ?

– Non seulement il te pousse un arbre dans l'oreille, mais en plus ton sang coule de ses branches…

– Mon sang coule de l'arbre ? fit Papa, incrédule.

– Je n'ai jamais entendu dire que les arbres aient du sang, le plus probable est donc qu'il s'agit du tien.

– Comment peux-tu en être si sûre ?

– Parce que tu as mal à la branche que ta mère a coupée.

– Tu es sûre que c'est là que j'ai mal ? J'ai ressenti une douleur à l'oreille.

– Je n'ai touché que la branche. Tu veux que nous fassions une autre expérience ?

– Non merci, sans façon », répondit Papa.

Il se tut et nous nous tûmes avec lui, aucun de nous n'ayant quoi que ce soit à ajouter. Au bout de quelques minutes, Papa descendit de la table et marcha d'un pas lourd vers la fenêtre, son mont Nébo à lui.

« Que va-t-il se passer ? demanda-t-il au bout d'un long moment. Ça ne fait qu'empirer. » Il était loin de se douter alors à quel point il avait raison.

Mamie, qui se tenait à côté du placard bleu, réalisa brusquement que son Meissen n'y était pas et exigea de savoir où il se trouvait.

« Comment peux-tu te soucier de cela en ce moment ? demanda Papa, très irrité.

– Je suis tout à fait capable de m'inquiéter simultanément pour plusieurs choses, je te demanderais donc de bien vouloir éviter de changer de sujet, rétorqua Mamie.

– Ton fils est sur le point de mourir à cause d'un arbre qui boit son sang et tu penses à ce malheureux bol ?

– Calme-toi, autant que je sache, personne n'est jamais mort à cause d'un olivier dans l'oreille. C'est tout au plus un peu désagréable, pas de quoi en faire toute une histoire. Par contre, j'ai entendu quelque chose se briser et j'espère bien qu'il ne s'agit pas de mon Meissen.

– Il y a belle lurette que ce n'est plus *ton* Meissen, dit Papa, furibond. Tu nous l'as refourgué à notre mariage.

– Vous êtes chargés de le conserver… Un objet d'une telle valeur, familiale et historique, n'est pas un simple cadeau. C'est un objet qui se transmet de génération en génération, comme une tradition orale.

– Dans ce cas, j'ai le regret de t'informer que cette tradition est arrivée à son terme, déclara Papa, sur un ton solennel qui trahissait sa joie.

– Le Meissen est brisé ? demanda Mamie, en poussant des cris d'orfraie. Savez-vous seulement tout ce dont ce bol a été témoin ? La Nuit de cristal, deux guerres mondiales, la révolution bolchevique, l'affaire Dreyfus, la chute du quartier juif de Jérusalem…

– Tu oublies l'affaire de l'*Altalena*[1], lui rappela Papa.

– C'est juste… Ne me dis pas qu'il lui est arrivé quelque chose !

– Je viens de te le dire. »

Mamie rassembla ses affaires dans un silence pesant. Elle se dirigea vers la porte, s'arrêta, et se retourna pour nous annoncer qu'il faudrait se débrouiller sans elle avec le docteur Rosenberg. Elle n'accompagnerait personne au centre médical.

1. Nom du bateau utilisé par l'Irgoun (organisation juive clandestine armée, d'extrême droite) jusqu'en 1948 pour importer clandestinement des armes en Palestine, et qui fut attaqué par Tsahal en juin 1948, quelques semaines après la création de l'État d'Israël, sur ordre de David Ben Gourion, soucieux d'unifier les forces armées du pays.

9

Gogol et les médecins

Au centre médical, nous apprîmes que le docteur Rosenberg était décédé récemment, il y avait de cela une petite quinzaine d'années, et qu'il était remplacé à titre provisoire par le docteur Irena Overman dont le nom, inscrit sur la porte, rappela aussitôt à Papa le docteur Auvert, ce médecin français de Moscou qui avait soigné Gogol, son écrivain préféré. Le malheureux Gogol était tombé entre les mains de cet Auvert à l'âge de quarante-deux ans. Il était alors squelettique, à la suite d'un régime excessif, grâce auquel il avait voulu vaincre Satan lors d'un épisode mystique.

Avec l'aide d'un collègue, Auvert commença par jeter Gogol dans une baignoire d'eau brûlante, avant de lui plonger la tête dans de l'eau glacée. Les deux médecins allongèrent ensuite leur patient, tremblant de froid, sur un lit, et lui posèrent sur le nez un grand nombre de sangsues afin qu'elles lui enlèvent le mauvais sang et les humeurs. Gogol se contorsionnait sur ce lit, à bout de forces, et les suppliait d'ôter les sangsues de son visage. Il avait du mal à parler, car une partie des sangsues avait migré de son nez et de ses narines pour s'engouffrer dans sa bouche et s'établir sur sa langue, où elles pouvaient sucer son sang tout leur soûl. Gogol eut beau crier et menacer et exiger qu'on le libère de ces créatures dégoûtantes, rien n'y fit. On appela un costaud pour assister le docteur Auvert et lui tenir les bras. Tout cela pour démontrer à quel point la médecine, raillée par Gogol dans ses livres, était mue par un sentiment de compassion.

De ce point de vue, la médecine n'a pas beaucoup évolué depuis. Même lorsque les médecins ignorent l'origine d'une maladie ou comment la soigner, ils s'entêtent à essayer sur le malade une panoplie de traitements et de soins, selon la théorie qui veut que si l'on tire tous azimuts en pleine nuit, il se trouvera toujours une balle pour faire mouche.

Cette méthode, également qualifiée de méthode de « couverture maximale des risques » ou d'« analyse bayésienne », permet de modifier les données à chaque nouvelle information. Vous ne vous dirigez vers un but qu'une fois ce dernier atteint, si tant est que vous n'ayez pas perdu le malade en route.

Tout cela pour dire qu'il faut prier Esculape, le dieu de la médecine, pour que le traitement éradique la maladie, avant d'éradiquer le malade. Pas étonnant que Papa se soit montré très tendu en entendant le nom du médecin.

Le docteur Overman qui, comme bon nombre de médecins de centres médicaux, reçoit environ 286 patients par semaine, ne prêta aucune attention aux caractéristiques physiques très inhabituelles de

Papa, lesquelles jaillirent de son oreille sitôt enlevé le kéfié de Maman.

Le médecin était plongé dans une conversation téléphonique avec son vieux père sénile, arrivé quelques mois plus tôt d'Irkoutsk, en Sibérie, une ville magnifique et pleine de vie, paradisiaque, même, si on la compare à Tel-Aviv, à condition de fermer les yeux sur les dix mois de l'année où la température descend jusqu'à moins 30 degrés et de se concentrer sur le mois d'août bien plus frais à Irkoutsk qu'à Tel-Aviv.

Lorsque mes parents pénétrèrent dans son cabinet, Irena Overman essayait justement d'expliquer à son père, par téléphone, le fonctionnement d'un micro-ondes. Tout en menant cette conver-sation en russe et à tue-tête – on l'entendait distinctement depuis la salle d'attente – elle demanda à Papa sa carte maladie qu'elle inséra dans son ordinateur. Puis, toujours sans regarder Papa et tout en poursuivant son explication sur comment réchauffer son gruau de sarrasin, elle lui demanda de s'allonger sur le lit, d'enlever sa chemise et de baisser son pantalon jusqu'aux genoux. Après avoir répété encore et encore ses instructions, elle finit par se décourager et raccrocha au nez de son interlocuteur.

« Vous n'êtes pas encore allongé ? » demanda-t-elle à Papa d'emblée, tout en signant divers documents étalés devant elle. Papa voulut glisser une phrase, pour dire qu'il ne pensait pas avoir besoin du type d'examen qu'elle s'apprêtait à lui faire subir, mais à cet instant, le portable du docteur Overman se mit à sonner. On entendait son père crier à l'autre bout. Elle se contint et recommença à lui dévoiler les mystères du micro-ondes.

« Voilà ce que c'est que les parents âgés, expliqua-t-elle à mes parents, ils sont comme des bébés… Vous ne vous êtes pas encore allongé sur la table d'examen ?

– Je ne pense pas que la table ait grand-chose à voir avec mon problème, protesta Papa, d'une petite voix.

– Vous croyez connaître mon métier mieux que moi ? » demanda le médecin avec impatience. Papa se dépêcha de répondre que non, il avait compris qu'elle faisait partie de ces gens auxquels il vaut mieux ne pas se frotter, mais il ajouta cependant que son problème était plutôt situé dans la partie supérieure du corps et non dans la partie médiane.

« Si vous connaissez votre problème, pourquoi venir me voir ?

– Parce que j'ignore comment le traiter », répondit Papa en s'autorisant à sourire de ce petit mot d'esprit. Sourire qui disparut aussitôt lorsqu'il vit que sa réponse n'amusait absolument pas le docteur Overman.

« Le corps est un tout, lui expliqua-t-elle, tout est lié.

– Pas dans mon cas, s'entêta Papa.

– Même dans votre cas. Vous allez me laisser faire mon travail et vous allonger, chemise relevée et pantalon baissé jusqu'aux genoux. »

Papa s'allongea bon gré mal gré sur la table étroite, en priant qu'Overman ne s'apprête pas à lui poser des sangsues sur le corps, selon la tradition de ses pères. Elle commença par lui appuyer sur le ventre, en demandant : « C'est douloureux ? », puis elle écouta son cœur, ses poumons et vérifia les réflexes de ses genoux. Elle s'assura qu'il n'avait ni fièvre ni maux de gorge. Une épidémie de grippe faisait rage et elle recommandait vivement de se faire vacciner. Mais Papa continua de s'entêter, répétant que ce n'était pas là son problème.

« Mais quel est donc votre problème ? » s'impatienta le médecin, qui depuis le matin avait déjà persuadé dix-sept patients qu'ils étaient atteints de la grippe. Elle-même était convaincue que les douze suivants, qui attendaient à l'extérieur, en souffraient également. Elle n'avait vraiment pas besoin d'un enquiquineur qui déboulait en plein milieu, perturbant le beau rythme de consultation qu'elle maintenait depuis le début de la journée grâce à un diagnostic imparable.

Ce ne fut que lorsque Papa lui demanda d'examiner son oreille qu'elle aperçut l'arbre qui y prospérait. Sans lui accorder un second coup d'œil, ni même s'en étonner, elle déclara avec l'indifférence du médecin de famille qui a déjà tout vu, comme dit Mamie, que dans ce cas, il fallait consulter un ORL et non lui faire perdre son temps à elle. Maman tenta de marchander et de la persuader de jeter néanmoins un coup d'œil à l'oreille de Papa, mais le docteur Overman s'était déjà écriée : « Personne suivante ! », laquelle personne était entrée dans la pièce avant que Papa ait eu le temps de reboutonner, avec difficulté, son pantalon.

« À votre place, conclut-elle, je m'inquiéterais davantage au sujet de votre poids. Quelqu'un va bien finir par vous enlever cette chose de l'oreille, il y a de bons chirurgiens dans le centre ; par contre les vingt kilos que vous avez en trop, vous seul pouvez les perdre. »

L'ORL aperçut l'olivier avant même que Papa eût pu lui donner sa carte maladie et il demanda aussitôt à Papa d'ouvrir bien grand la bouche, en tirant la langue. Papa essaya de s'exprimer, malgré sa bouche grande ouverte, en traçant des cercles rapides en l'air, près de son oreille, pour indiquer où son problème se trouvait localisé. Le médecin lui répondit que si les symptômes du problème se manifestaient de toute évidence dans cette région, il fallait toutefois en déterminer l'origine.

Il découvrit bien vite des racines qui pendaient du palais de Papa. Nous devions apprendre plus tard que l'arbre y puisait le liquide nécessaire à sa croissance. Après avoir examiné le conduit du nez et l'oreille saine de Papa, il en vint à la cerise sur le gâteau et se pencha sur l'oreille affectée.

Tout au long de l'examen, il secouait la tête de gauche à droite, répétant encore et encore qu'il n'avait jamais vu une chose pareille. Il ajouta même que rien de ce qu'il avait appris à la faculté de médecine ne l'avait préparé à un tel phénomène.

Ces dernières paroles rappelèrent à Papa la théorie du cygne noir, selon laquelle même si vous n'avez jamais vu de cygne noir et que vous ayez dénombré toute votre vie des milliards de cygnes blancs, vous ne pourrez cependant jamais en conclure que les cygnes noirs n'existent pas. C'est la raison pour laquelle il est impossible de prévoir le futur en s'appuyant sur la récurrence d'événements survenus dans le passé, parce qu'un cygne noir imprévu peut toujours s'ajouter au tableau et fausser tous les calculs. C'est ce qui arriva lorsqu'on découvrit soudain, en 1697, des cygnes noirs en Australie.

Il en va de même, de nos jours, avec les spéculateurs boursiers, qui se lamentent en disant que s'ils avaient pu prévoir la chute du marché ils ne s'y seraient pas risqués, sans comprendre que s'ils n'avaient pas boursicoté, le marché n'aurait pas chuté parce qu'il n'aurait pas tant monté en premier lieu. Toute la beauté des cygnes noirs réside dans le fait qu'il est impossible de prévoir leur apparition, car dès lors que vous vous lancez dans des pronostics, ils s'abstiennent de se montrer, sans quoi on ne parlerait pas d'eux comme d'imprévisibles cygnes noirs.

Papa a recours à cet exemple assez complexe pour présenter les risques des investissements financiers, ce qui est plus ou moins son domaine, et tenter de développer une stratégie défensive par rapport à un événement dont on ignore la nature et le moment de son apparition.

Il découvrait à cet instant avec surprise que la médecine moderne souffrait, elle aussi, de la même maladie, et que les médecins, tout comme les généraux et les courtiers, ne savent donner les causes de leur réussite ou de leur échec qu'après la bataille.

Lorsqu'il voulut faire part au médecin de ses réflexions sur la similitude entre la médecine et la bourse, Maman l'interrompit et lui demanda d'épargner au médecin son grand discours sur la gestion des risques, pour ramener la conversation à un sujet plus circonscrit, à savoir combien de racines il avait dans l'oreille.

Sans attendre sa réponse, elle se tourna vers le docteur Kovaliv – c'était le nom de l'ORL – et lui demanda ce qu'il était possible de faire. Le docteur Kovaliv réfléchit longuement et répondit qu'il allait être franc avec elle, il n'en savait absolument rien. Il regarda à nouveau l'olivier et ajouta qu'en outre, il n'était pas du tout convaincu qu'il s'agisse là d'une pathologie, de toute façon, la couverture maladie ne prendrait certainement pas en charge ce type de soins, Dieu seul sait d'ailleurs quelle assurance les prendrait en charge.

Il se remit à réfléchir un moment, regarda à nouveau l'arbre et déclara que, d'un autre côté, le phénomène n'étant vraiment pas normal, les antibiotiques ne lui semblaient pas appropriés. Il lui fallait humblement reconnaître les limites de la médecine conventionnelle. C'est pour cette raison que la caisse maladie Léoumit proposait une alternative censée traiter avec plus d'efficacité les phénomènes botaniques, à condition bien entendu de payer une assurance complémentaire.

Avant de rédiger une lettre de recommandation, il demanda à Papa l'autorisation de photographier l'arbre, afin de pouvoir le montrer à des confrères qu'il allait rencontrer lors d'un congrès international de médecine ORL qui se tiendrait non loin de Lausanne, dans une ville charmante.

Sur le chemin du retour, Papa pesta contre ce médecin, sur le point de devenir célèbre grâce à un cas qu'il ne savait même pas traiter et voulut retourner au centre médical pour lui reprendre la photographie.

Maman le persuada de ne pas le faire. Si son cas recevait une attention internationale, peut-être se trouverait-il quelqu'un qui saurait le débarrasser de ce terrible problème.

Papa se tut et ne prononça plus un mot durant tout le repas, jusqu'à ce que je me lève pour jeter la brique de lait vide à la poubelle. Il m'arrêta, me prit la brique des mains, la contempla longuement, d'un air triste, et déclara à Maman qu'il venait soudain de comprendre quelque chose de nouveau et de très important sur la vie.

Et avant que Maman n'ait eu le temps de le réfréner – il est interdit de parler comme il s'apprêtait à le faire, devant les enfants – il lui expliqua qu'il n'y avait rien de plus surprenant que d'ouvrir le réfrigérateur de quelqu'un qui était mort quelques heures auparavant. On y trouvait une brique de lait aux trois quarts vide, une demie tablette de chocolat, une bouteille de Coca-Cola entamée et toutes sortes d'autres denrées témoignant de ce que le défunt ne se doutait nullement qu'il était sur le point de mourir. D'après le contenu de son réfrigérateur, il pensait s'absenter de la maison quelques heures tout au plus et non entreprendre un voyage sans retour. Mais l'Ange de la mort l'avait rattrapé, le pantalon baissé sur les genoux, et il n'avait pas même eu une pensée pour les nombreux rouleaux de papier toilette qui lui restaient encore et qui lui auraient facilement suffi pour quelques semaines durant.

« Pourquoi nous racontes-tu cette triste histoire ? lui demanda Maman.

– Parce que je suis triste.

– Tu ne vas pas mourir, protesta Maman avec énergie.

– Personne n'est immortel et en outre, j'essaie de dire quelque chose de plus profond : à savoir que nous ne contrôlons rien.

– Si !

– Non.

– Tu ne vas pas baisser les bras, j'espère, parce que demain, nous avons rendez-vous en médecine alternative. »

Papa déclara qu'il ne croyait pas à toutes ces idioties alternatives, mais afin de prouver à Maman qu'il n'était pas résigné, il se traîna néanmoins, le lendemain, chez ledit médecin, et se soumit patiemment à toutes les questions de ce dernier sur les maladies héréditaires dans sa famille, sur la composition de son alimentation, ses fonctions corporelles et bien d'autres questions encore. Le médecin notait avec assiduité toutes ses réponses pour se faire une idée aussi globale que possible.

Lorsqu'à l'issue de cet examen préalable, le docteur Yakubovitch, spécialiste de médecine alternative, recula de quelques pas afin d'avoir une vue globale de la situation, il s'étonna de ce que l'arbre ne pousse que dans une oreille.

« Comment cela ? J'aurais été bien plus étonnée si un arbre lui était poussé dans les deux oreilles, répliqua Maman.

– Si le lilas a sali le lis, répondit l'alternatif.

– Vous voyez du lilas ? Où ça ? demanda Maman, épouvantée.

L'alternatif lui jeta un regard méprisant et n'eut un seul mot :

« Palindrome.

– Qu'est-ce que c'est que cette maladie ?

– Ce n'est pas une maladie, c'est une loi de la nature : on lit la même séquence de droite à gauche et de gauche à droite. »

Voyant que Maman ne comprenait toujours pas – Papa, lui, gardait le silence pour cacher le fait qu'il ne comprenait pas davantage – le médecin expliqua qu'il était possible de lire cette phrase dans les deux sens et il se mit en devoir de leur déclamer une citation d'Ibn Ezra – « Apprenez de vos pères, car je ne tarderai pas ; le moment est venu où je reviendrai vers vous » – qu'il nota aussitôt sur une feuille. À la grande surprise de Maman, il montra alors que l'on obtenait la même phrase dans un sens comme dans l'autre, lettre après lettre, aussi bien de droite à gauche que de gauche à droite.

« Mais quel rapport avec l'oreille de mon mari ? demanda Maman, toujours autant interloquée.

– La nature aime la symétrie », répondit le médecin alternatif en ajoutant que si un second arbre réussissait à pousser dans l'autre oreille de Papa, l'équilibre rompu s'en trouverait alors rétabli.

Papa fut ravi de constater à quel point il avait eu raison de se méfier de ce médecin. Dans la salle d'attente, il avait vu, affichées aux murs, une dizaine de lettres de remerciements émanant de patients reconnaissants, ce qui selon lui était plus que douteux et lui rappelait les photographies « avant, après » des publicités pour régimes.

Peu de temps après cette visite chez le médecin alternatif, un phénomène suffisamment intéressant pour attirer l'attention de la Faculté de médecine, ainsi que de l'hôpital Ichilov, se produisit dans l'oreille de Papa. Les deux structures décidèrent de travailler ensemble au « projet olivier » lui allouant même des fonds spécifiques en dépit de leurs contraintes budgétaires respectives.

On avait en effet découvert une interaction entre l'arbre et Papa. Par exemple, lorsque Papa clignait des yeux, les minuscules branches de l'arbre bougeaient, comme si elles clignaient des yeux elles aussi, et lorsqu'il plissait le front, des plis semblaient se former sur l'écorce du tronc. À l'inverse, lorsque Papa avait soif et que Maman faisait couler quelques gouttes d'eau dans le creux de son oreille, la sensation de soif le quittait aussitôt comme s'il avait bu un verre d'eau.

Après qu'ils lui eurent fait subir tous les examens possibles et imaginables, y compris une scintigraphie, une IRM, une échographie et une radio, les spécialistes en vinrent à la conclusion que l'organisme de l'arbre était bel et bien lié à celui de Papa. L'arbre avait pris racine un peu partout dans le cerveau de Papa, influant sur son humeur, sa libido, la stabilité de son poids, et sur bien d'autres fonctions encore. À l'inverse, des cellules nerveuses situées dans le cerveau de Papa envoyaient des impulsions aux branches de l'arbre, par les racines. L'humeur de Papa, de même que ses pensées et jusqu'à ses sensations, influaient sur l'état de l'arbre.

À ce stade, tous les spécialistes s'accordèrent pour dire que l'état de Papa était irréversible. Il était impossible de séparer l'arbre de sa tête. La symbiose entre l'arbre et Papa était telle que tous deux s'étaient pour ainsi dire fondus en un seul être, comme une sorte d'état binational. Il était impensable de rêver, ne serait-ce qu'un instant, à une séparation sans risquer de déchiqueter les deux parties.

Certains spécialistes se risquèrent prudemment à déclarer que Papa annonçait la naissance d'un genre nouveau sur Terre et ils recommandaient de faire entrer dans le comité de recherche un biologiste évolutionniste, spécialiste des sauts évolutifs. Seule une personne à même de comprendre comment les microbes sont devenus des poissons qui se sont mis à allaiter leur progéniture, puis à voler par erreur, pourra peut-être offrir une solution à cette énigme.

Papa était déjà tout à fait désespéré lorsqu'un neurologue arabe lui proposa de se rendre dans les territoires palestiniens, chez son oncle, grand spécialiste de la culture des oliviers, peut-être même le plus grand de tout le Moyen-Orient.

« J'ai beaucoup de respect pour tous les spécialistes qui vous ont examiné, déclara le neurologue arabe à Papa, mais je pense que seul un cultivateur expérimenté pourra vous aider à résoudre votre problème. Les médecins ne feront qu'ajouter à votre confusion. »

Papa réfléchit à cette proposition quelques jours durant et se décida finalement à prendre le risque : vu son état, qu'avait-il donc à perdre ?

10

De bons Arabes

Il nous fut impossible de nous rendre en voiture jusqu'à la maison de Husseini Abu Rudjum ou un truc du genre. Il nous fallut la garer au beau milieu du village et continuer à pied. Bien que notre guide arabe, le docteur Uda, neurologue de son état, eût tout fait pour nous rassurer avant et pendant le voyage, ainsi que durant tout le trajet à pied, il n'en était pas moins effrayant de se promener dans un village arabe sans être escorté par des soldats armés, ou tout au moins des policiers, que ce soit les nôtres ou les leurs.

Livide, Maman murmurait à l'oreille demeurée libre de Papa – pour éviter que notre guide arabe ne l'entende et n'en prenne ombrage, car, comme chacun sait, les Arabes sont très susceptibles – que c'était complètement irresponsable d'être venu avec les enfants, c'est-à-dire nous. Rien d'étonnant aux propos de Maman : quiconque vit au Moyen-Orient comprend d'emblée la mentalité arabe et cela tient en deux points : primo, qu'il est impossible de faire confiance à un Arabe parce qu'un Arabe n'a pas de parole, deuxio, que les Arabes ont le sang chaud, ce qui leur monte au cerveau, les rend surexcités et donc très dangereux.

Et pourquoi donc les Arabes ont-ils le sang qui leur monte au cerveau ? Eh bien parce que, en bons primitifs qu'ils sont, le plus important à leurs yeux, c'est l'honneur. L'honneur est aux Levantins ce que la respiration est au reste du monde. Ils sombrent dans la folie s'ils n'assassinent pas celui qui les a déshonorés. L'honneur leur importe davantage que leurs femmes et leurs enfants, davantage même que leurs chameaux. Ils vous débiteraient en petits morceaux s'ils pensaient que vous les aviez déshonorés, quand bien même vous vous excuseriez en expliquant que telle n'était pas votre intention.

Lorsque le sang leur monte à la tête, il se produit en outre un second phénomène : désormais incapables d'entendre raison, ils ne se contentent pas de vous débiter en morceaux, mais règlent son compte à toute votre famille, en hachant menu vos proches jusqu'à la troisième ou quatrième génération, parce qu'un crime d'honneur, ça se règle dans le sang.

Le grand problème avec le sens de l'honneur des peuplades primitives, c'est qu'il est impossible de prévoir ce qui va les offenser. Il faut se montrer très prudent, tout ce que vous dites ou ne dites pas pouvant être pris pour une offense, auquel cas, comme je viens de l'expliquer, vous êtes foutu. C'est pourquoi il est particulièrement difficile de conclure avec eux le moindre accord de paix.

Toutes leurs histoires de clans viennent encore compliquer le conflit qui nous oppose à eux. Chaque clan voulant tirer la couverture à lui, il leur est impossible de désigner un chef reconnu de tous, avec lequel il serait envisageable d'arriver à un accord définitif.

Et si une fois tous les cinquante ans il se trouve parmi eux un dirigeant qui fasse l'unanimité, ils s'empressent de mettre fin à ses jours parce que l'unanimité est un sentiment qui leur est étranger.

Tous partagent cependant l'intime conviction que le monde entier veut les duper. C'est pour cela qu'ils sont soupçonneux et ne font confiance à personne. Même entre eux. Et lorsque quelqu'un est soupçonneux, il devient rusé, c'est bien connu, parce que dès lors que vous êtes convaincu que le monde entier veut vous rouler dans la farine, vous êtes bien obligé de recourir aux mêmes armes. La ruse, chez ces gens, passe par l'effusion de sang, raison supplémentaire s'il en faut qui rend impossible la conclusion d'un accord de paix avec eux, parce que dès lors que vous vous apprêtez à signer, ils pensent immédiatement que, dans la mesure où l'accord vous satisfait, c'est qu'il doit être en leur défaveur, et ils se mettent aussitôt à avoir des regrets, se lamentent et commettent des attentats, afin de parvenir à un meilleur accord dont ils se méfieront tout autant lorsque vous aurez accepté de le signer. Il ne vous reste donc plus qu'à riposter, parce que la violence est le seul langage qu'ils soient en mesure de comprendre.

Autre chose qui les énerve et leur fait monter d'un coup le sang à la tête, ce sont les groupes de gens qu'ils n'aiment pas et là, la liste est longue… Les Juifs, les Chrétiens, les Américains, les

Britanniques, les Bouddhistes, les Hindous, les Français, les Indiens, les femmes, et jusqu'à leurs propres enfants, qu'ils négligent et se montrent incapables de protéger, et qui meurent dans de regrettables accidents de Tsahal. Chaque clan possède en outre sa propre liste d'ennemis, au nombre desquels figurent les membres des autres clans. Mais les Juifs caracolent en tête de toutes les listes, sans exception. Deux clans en conflit depuis plusieurs générations prendront toujours le temps de faire une pause dans leur vengeance du sang, pour s'unir et exterminer des Juifs. L'entrée de Juifs dans un village arabe a donc toutes les chances de s'achever dans un bain de sang.

« Autant se tirer d'emblée une balle dans la tête avec un pistolet, si la mort vous paraît si séduisante », déclara Mamie lorsque Papa évoqua ce projet « aventureux et superflu ». Papy, lui, se montra plus délicat : « Comment un simple cultivateur pourrait-il t'aider là où de grands spécialistes se sont montrés impuissants ?

– Tu as une meilleure idée ? À part bien sûr, convoquer un autre forum interdisciplinaire, qui me prendra la tête avec des termes latins, sans savoir quoi faire au final », lui demanda Papa tout en reposant le sommet de son olivier sur ma grue de Lego pour essayer de maintenir sa tête droite.

Plongé dans ses pensées, Papy ne répondit pas et Papa lui fit remarquer que pendant qu'il restait là à réfléchir, l'olivier, lui, prenait quelques millimètres supplémentaires, ses racines s'ancrant encore plus profondément dans son cerveau. Déjà qu'il avait la nausée à cause de la photosynthèse de l'arbre, qui en l'abreuvant d'un surplus d'oxygène modifiait son taux de glucose dans le sang, comme le leur avait expliqué un botaniste.

« Qu'ai-je donc à perdre ? » demanda-t-il au conseil familial qui s'était réuni avec le docteur Uda pour débattre de la question. « Dans le pire des cas, cet Arabe ne fera rien de plus.

– Ce serait là le meilleur des cas, rétorqua Mamie. Pour moi, il ne fait aucun doute que voir cet Arabe ne servira à rien. En revanche, dans le pire des cas, tu te feras massacrer et il jettera ton corps au fond d'un puits profond pour obtenir quelques centimes d'Ahmadinejad. À moins qu'il ne prévienne tout simplement le Hamas et alors tu seras capturé et nous vivrons dans une incertitude qui nous tuera, et personne ne parviendra à te libérer, car ce gouvernement n'arrive même pas à faire des choses beaucoup plus simples, comme éliminer le Hezbollah du Liban ou annexer une fois pour toutes la Judée Samarie. Et je ne suis pas la seule à le dire. »

Mamie faillit se mettre à pleurer à l'idée que Papy et elle-même dussent parcourir le monde et ramper devant toutes sortes d'antisémites, comme Jimmy Carter, afin d'obtenir leur aide pour libérer Papa.

« Si tu y vas, je t'accompagne », souffla Maman d'une petite voix, peut-être dans l'espoir que personne ne l'entende. Mais elle était assise du côté de la bonne oreille de Papa, qui se réjouit de cette proposition, parce qu'il était un peu effrayé à l'idée de se rendre tout seul en territoire ennemi. J'exigeai moi aussi de les accompagner. Ce n'est pas tous les jours qu'on a l'occasion de rencontrer le cultivateur d'oliviers le plus célèbre de tout le Moyen-Orient.

« Il faudra me passer sur le corps, avant que je ne laisse mes petits-enfants se lancer dans cette folie », déclara Mamie.

Nous n'eûmes cependant pas besoin de l'assassiner pour accompagner nos parents, le docteur Uda nous ayant assuré « que nous n'encourions aucun danger ». Non content de nous prouver que son hébreu était meilleur que notre arabe – ce qui n'est pas très compliqué, vu que nous ne parlons pas un traître mot d'arabe – il voulait en plus nous démontrer, comme tous les universitaires arabes, que son hébreu était supérieur au nôtre. Mais l'hébreu châtié du docteur Uda n'impressionna pas Mamie, qui tient une longue liste récapitulant toutes les promesses que les Arabes n'ont pas tenues, depuis 1948 jusqu'à nos jours.

« Je ne dis pas cela contre vous, Dieu préserve, après tout, vous êtes médecin et je suis la dernière à mépriser les diplômes universitaires. À propos, d'où vient-il, votre diplôme, de l'université de Birzeit ? » demanda Mamie sur un ton méprisant. Le docteur Uda répondit qu'il était diplômé de Harvard et Mamie, quelque peu désarçonnée par cette réponse, dut réfléchir un instant avant de se ressaisir : « Soyez sincère, et dites-moi, la main sur le cœur, ce que vaut la promesse d'un Arabe. Je n'ai rien contre vous, mais une promesse faite par un Arabe vaut-elle vraiment plus que le papier sur lequel elle est signée ? »

Le docteur Uda ne répondit pas. Sans réponse à cette question, comment Mamie pouvait-elle croire en sa parole à propos de notre sécurité personnelle, à supposer que lui-même ait effectivement l'intention de s'en tenir à sa parole. « Vous contrôlez le Hamas ? Ou le Djihad ? Ou le Shabab[1] ? Voyons, docteur, ce n'est pas la promesse qui est problématique, mais sa mise en œuvre. Cela ne coûte rien de promettre, tout le monde peut faire des promesses à l'infini, mais qui les tient ? Voilà ce que je voudrais bien savoir ! Abu… pas Abu Amar, le deuxième, là, Abu Zeydan… Non… Comment s'appelle votre dirigeant, déjà ?

– Abu Mazen, répondit le docteur Uda en venant à la rescousse de Mamie.

– Exactement. Celui-là. N'a-t-il pas promis de mettre fin au terrorisme ?

– Seuls les Juifs tiennent leurs promesses, marmonna le docteur Uda.

– Je le sais bien, répliqua Mamie, mais je voudrais savoir ce qu'il en est des Arabes… »

Le docteur Uda se tut. Un peu plus tard, durant le trajet jusqu'au village, Papa, qui au fond était entièrement d'accord avec sa mère, présenta ses excuses au docteur Uda en lui expliquant que toute sa famille avait été assassinée pendant la Shoah (ce qui est entièrement faux, puisque ma grand-mère paternelle était une *tsabarit*[2] depuis trois générations) et qu'il

1. Groupe d'insurrection islamiste somalien.

2. Terme désignant les générations de jeunes Juifs nés en Israël, en référence au mot *tsabar*, figue de Barbarie, laquelle pique les doigts lorsqu'on la saisit de l'extérieur, mais dont la chair se révèle étonnamment

fallait se montrer compréhensif avec Mamie, qui vivait dans l'angoisse perpétuelle qu'une autre Shoah ne vienne s'abattre sur elle sous peu. Le docteur Uda répondit qu'il comprenait, une moitié des Israéliens ayant perdu leur famille durant la Shoah, tandis que l'autre déplorait la disparition de leurs proches dans la catastrophe de l'*Altalena*. Papa ne répondit rien. Il n'est pas raisonnable de se lancer dans une discussion politique avec un Palestinien juste avant d'entrer dans les territoires, si vous avez l'intention d'en ressortir indemne quelques heures plus tard.

C'est ainsi que nous nous retrouvâmes à arpenter les ruelles crasseuses du village, tandis que Papa tentait de calmer Maman, malgré l'attroupement tout autour de nous et la ribambelle d'enfants à nos trousses, qui l'inquiétaient tout autant qu'elle. Les enfants désignaient Papa du doigt en lançant toutes sortes d'exclamations. J'étais le seul de la famille à avoir appris l'arabe et je les écoutai donc attentivement. Dès l'instant que je les entendrais crier *Atbakh al yahud*, je savais qu'il nous faudrait prendre nos jambes à notre cou et filer au pas de course. À ma grande surprise, ils ne crièrent rien de tel, se contentant de faire quelques commentaires sur l'olivier qui sortait de l'oreille de Papa. Ils l'appelèrent même

---

douce, une fois qu'on l'a ouverte. Les caractéristiques de ce fruit sont censées symboliser le rapport des Israéliens avec le monde qui les entoure.

Abu Zaytoun et *Ras el Zaytoun*[1] *III*. L'arbre était alors déjà bien visible, impossible de le dissimuler d'aucune façon. Il était aussi devenu lourd et Papa était contraint en marchant de se tenir très incliné vers la gauche, malgré son penchant naturel pour la droite.

Quelques jours avant d'entreprendre ce voyage, Papa avait fait appel à son ami Ofer, un ingénieur en bâtiment, afin de mettre au point avec lui une installation qui soutiendrait sa tête du côté gauche, mais l'installation était encore en construction, et Papa avait préféré se débrouiller sans.

Abu Rudjum nous attendait sur le seuil de sa maison. Il commença par disperser tous les curieux, car il avait besoin de calme pour examiner l'arbre de Papa. Nous prîmes place sur la terrasse et sa femme nous servit du café et du thé que nous craignîmes de boire à cause de toutes ces histoires où des Arabes avaient empoisonné des Juifs. Mais constatant que le docteur Uda restait en vie après avoir bu son café, nous nous servîmes en thé et en café à notre tour.

Abu Rudjum pria ensuite Papa de s'allonger sur la table. Tout en souriant, il déclara en arabe qu'il avait attendu ce moment-là toute sa vie. Il n'avait cependant jamais pensé qu'un pareil cas pouvait se produire également chez les Juifs.

Une fois Papa allongé, Abu Rudjum se mit à examiner l'olivier : il le toucha, respira son odeur, en lécha les feuilles, arracha même une branche d'un

1. Littéralement et de façon humoristique, « Tête d'olive ».

geste rapide sans s'émouvoir le moins du monde du hurlement de Papa. Puis il se plongea longuement dans ses pensées, avant de demander à Papa, avec l'aide du docteur Uda, si un noyau d'olive lui était resté coincé dans la gorge ces derniers temps.

Nous avions tous en mémoire, bien entendu, l'incident du régime à base d'olives. Abu Rudjum se remit à sourire et à réfléchir. Dans le silence agréable qui s'ensuivit, nous entendîmes soudain plusieurs explosions qui nous firent sursauter.

« Lorsque les troupes du Golan sont dans la région, Tulkarem est en ébullition », expliqua Abu Rudjum en hébreu. Comprenant que les *Golani* se trouvaient à proximité, veillant à l'ordre, nous nous sentîmes alors pleinement en sécurité.

Puis, nouveau silence, jusqu'à ce qu'Abu Rudjum demande à Papa comment il se sentait. Mis à part le fait que sa tête était très lourde du côté gauche, il se sentait tout à fait bien, lui répondit Papa. Sur tous les autres plans, ce qui lui était arrivé depuis que l'arbre avait commencé à lui pousser dans l'oreille relevait du miracle médical. La dizaine d'examens médicaux qu'on lui avait fait subir avait révélé qu'il avait perdu la majorité de son surpoids, sa masse musculaire s'était nettement renforcée, son taux de mauvais cholestérol avait baissé tandis que le bon avait augmenté, son taux de triglycérides dans le sang avait baissé, et même son taux de glucose, jusque-là très élevé, était redevenu normal ces jours derniers. Ses fonctions cardiaques et rénales étaient semblables à celles d'un jeune homme au meilleur de sa forme.

Abu Rudjum suivait des yeux les paroles de Papa, le regard fixé sur ses lèvres, avant d'écouter le docteur Uda traduire en arabe. Il dodelinait de la tête en permanence, aussi bien pendant les explications de Papa que pendant la traduction du médecin, comme s'il connaissait déjà toute l'histoire.

« C'est à cause de l'arbre, expliqua Abu Rudjum tandis que le docteur Uda traduisait ses paroles. Son pouvoir guérisseur a soigné votre corps.

– Je préférerais avoir un corps un peu moins sain mais sans arbre, plutôt qu'une santé de fer avec arbre », répliqua Papa. Ce à quoi Abu Rudjum répondit qu'on ne pouvait tout avoir.

« Je ne veux pas tout avoir, je veux simplement revenir à avant, avant qu'un arbre ne me monte à la tête, et quand bien même ma vie d'avant était loin d'être parfaite. »

Abu Rudjum l'écoutait en hochant la tête pour signifier qu'il comprenait, et, après avoir écouté la version arabe, il réfléchit un moment avant d'expliquer qu'il était impossible de revenir en arrière.

« Je suis prêt à renoncer à un retour en arrière, l'essentiel c'est que cet olivier disparaisse de mon oreille, répondit Papa.

– L'olivier est un arbre têtu, qui s'agrippe à la moindre crevasse. On peut à la rigueur en venir à bout lorsqu'il est en terre, mais lorsqu'il monte à la tête de quelqu'un, le problème devient insoluble.

– N'y a-t-il rien que l'on puisse faire ? demanda Papa avec angoisse.

– Apprendre à vivre avec l'arbre, exactement comme l'arbre apprend à vivre avec vous.

– Et si je m'y refuse ?

– Si vous n'apprenez pas à vivre avec lui, l'issue sera terrible, terrifiante même…

– Qu'est-ce qui peut bien être pire ? s'entêta Papa.

– Je vois que vous ignorez tout de cet arbre. »

« Mais comment sait-il tout cela ? » demanda Papa au docteur Uda. Après s'être fait traduire la question, Abu Rudjum répliqua que Papa n'était pas le premier cas de ce genre. Il y avait eu des précédents.

« Je ne suis pas le premier cas ? » répéta Papa, déçu. De mon côté, je compris que si l'Arabe avançait des preuves concrètes que ses paroles n'étaient pas pure fantaisie orientale, c'était la fin de nos chances d'inscrire Papa au *Guinness des records*.

« Non, répondit Abu Rudjum, cela s'est déjà produit avant vous. » Il se tut un instant, comme pour se souvenir, avant de poursuivre : « Le premier cas connu remonte à l'époque des Mamelouks et s'est produit non loin d'ici. Nous appelons cet homme Ras el Zaytoun Ier. Il y a peut-être eu des cas avant lui, mais c'est le premier dont on se souvienne.

– Que lui est-il arrivé ? demanda Papa.

– Il refusa d'apprendre à vivre avec l'arbre et lutta de toutes ses forces contre lui, ce qui se révéla être une erreur colossale. L'arbre grandit, et grandit, et grandit jusqu'à ce que… » Abu Rudjum s'interrompit et jeta un regard craintif au docteur Uda.

« Jusqu'à ce que quoi ? insista Papa.

– C'est une histoire terrible, répondit le docteur Uda après avoir entendu le récit du cultivateur.

– Je veux savoir », répliqua courageusement Papa.

Abu Rudjum interrompit leur conversation et commença prudemment : « Savez-vous ce qui se produit lorsqu'on plante un arbuste dans un pot de petite taille ?

– L'arbuste grandit jusqu'à ce qu'il soit nécessaire de le rempoter dans un pot plus grand, ou directement dans la terre, répondit Papa.

– Et si on ne le rempote pas ? »

Papa se tut, se représentant certainement toute une série de pots fissurés, trop petits pour contenir les arbres qui y poussaient.

« Sa tête a éclaté ? demanda Papa avec effroi, après avoir réalisé le tableau.

– Au début, il présenta d'étranges blessures, semblables à de petites fissures. Puis, les racines de l'arbre finirent par lui sortir par tous les orifices. » Abu Rudjum se tut et, après une longue hésitation, poursuivit : « Même par ceux du bas. »

« Par-devant et par-derrière ? » demanda Papa, désespéré, tandis que Maman lui murmurait : « Qu'est-ce que ça peut bien changer ? C'est ça qui t'intéresse là tout de suite ? »

Tout en murmurant lui aussi, il rétorqua que pour *lui*, ça changeait quelque chose, et que *lui*, ça l'intéressait. Qu'elle ne s'en mêle donc pas, cela causerait préjudice à son statut aux yeux des Arabes, si sa femme lui faisait des remarques de cette façon.

« C'est bien ça. Les racines sont sorties par le trou de devant et par celui de derrière, répondit Abu Rudjum.

– Mon Dieu, s'exclama Maman à voix basse, parce qu'en pareils instants, seul Dieu, en qui elle ne croit pas, semble être à même de l'aider. Quel cauchemar !

– Mais cela ne se termine pas nécessairement de cette façon », poursuivit Abu Rudjum pour essayer de consoler Maman.

« Qu'est-il arrivé au deuxième cas ? demanda Papa, au-delà du désespoir.

– Les sages du village décidèrent de lui épargner le sort du premier et déracinèrent l'arbre alors qu'il était encore petit.

– Et… souffla Papa, sans qu'il soit possible de savoir s'il voulait vraiment connaître la réponse.

– Ils lui arrachèrent un petit bout de cervelle par erreur et de ce jour, il se mit à marcher à reculons et à parler à l'envers. Personne n'y comprenait rien. Les plaisantins disent que cela se propagea à tous les habitants du pays et que, depuis, les Palestiniens ne marchent plus qu'à reculons. »

Abu Rudjum émit un petit ricanement et, tournant les yeux vers l'immense olivier qui poussait dans la cour, déclara qu'il s'agissait de l'arbre qui avait été arraché de la tête de Ras el Zaytoun II, il y a plus de trois cents ans.

« Des Arabes vivaient ici il y a plus de trois cents ans ? » demanda Maman, qui n'était pas à l'aise avec toute cette histoire de peuple sans terre arrivé sur une terre sans peuple. Le docteur Uda se contenta d'échanger un regard avec Abu Rudjum, sans lui traduire la question.

« Ce sont les deux seules options qui s'offrent à moi ? demanda Papa, en guise de conclusion.

– Il y a une autre possibilité, répondit le cultivateur, comme je vous l'ai dit, vous pouvez apprendre à vivre avec l'arbre, de la même façon que ce dernier apprend à vivre avec vous. Si vous savez l'écouter et tenir compte de lui, il poussera jusqu'à atteindre une taille qui convienne exactement à votre tête.

– Comment peut-il en être si sûr ? demanda Papa au docteur Uda, il y a une minute à peine il me décrivait deux cas qui se sont achevés de façon abominable… »

« Il y eut un troisième cas », répondit Abu Rudjum, lorsque la question lui eut été traduite. Et il demanda à sa femme d'aller chercher quelque chose dans la maison. Elle revint avec une vieille photo jaunie, glissée dans un cadre argenté. On y voyait un vieillard à qui un olivier un peu plus grand que celui de Papa sortait de l'oreille.

« Cette photo a été prise par Henry Baker Tristram, il y a cent cinquante ans, déclara Abu Rudjum avec fierté. C'est un exemplaire unique au monde. Les Britanniques sont venus nous trouver pour l'exposer au musée de Durham, mais nous ne la leur avons pas donnée. Parce qu'il s'agit du premier cliché d'un habitant de notre village. Peut-être même le premier cliché d'un Arabe de Palestine, et certainement le premier d'un homme avec un olivier dans la tête. »

Il avait gardé la chute pour la fin. L'homme sur la photographie n'était autre que le grand-père du grand-père du grand-père du docteur Uda, lequel se saisit du cliché et le contempla avec émotion.

« Lorsque Tristram prit ce cliché, l'arbre avait déjà quinze ans. Il avait cessé de grandir. Et il en fut ainsi jusqu'à la mort de Ras el Zaytoun, à l'âge de quatre-vingt-onze ans. Lequel, soit dit en passant, ne mourut pas de maladie, mais dans un accident. »

« Vous êtes en train de me dire que je vais me coltiner un olivier dans l'oreille jusqu'à cent ans ? » demanda Papa avec une hostilité affichée. Après avoir entendu la traduction du docteur Uda, Abu Rudjum fixa la ligne d'horizon et répondit avec tristesse que les gens « se coltinaient » des choses bien pires, des cancers de l'intestin, un cœur empli de méchancetés, des cauchemars, des espoirs jamais réalisés…

« Croyez-moi, ce pourrait être bien pire. »

11

« Et tout revint à la normale,
comme si rien ne s'était passé. »

Les adultes ont deux méthodes pour calmer les enfants lorsqu'ils se font mal. La première consiste à dire : « Ça aurait pu être bien pire. » Et la seconde, qui peut être employée seule ou en complément de la première : « Ce qui t'est arrivé n'est rien en comparaison de ce qui m'est arrivé, à *moi*. »

Exemple. Un enfant escalade les rayonnages d'une bibliothèque pour récupérer un nounours qui s'est retrouvé tout en haut, on ne sait comment. Parvenu à la quatrième et avant-dernière étagère, un livre lui tombe sur la tête et il éclate en sanglots. Sa mère, arrivée au pas de course sur les lieux du drame, le sauve de la bibliothèque chancelante que son négligent de mari n'a pas fixée au mur et, bien qu'elle soit en train de consoler son enfant en le serrant fort dans ses bras, ce dernier n'en continue pas moins de hurler qu'il a mal. Fatiguée d'entendre ses cris, elle applique la première méthode et lui dit qu'il a bien de la chance, seul *un* livre lui est tombé sur la tête. Si la bibliothèque tout entière s'était renversée sur lui, ça aurait été bien pire, qu'il veuille donc bien remercier le sort et cesser de pleurer.

Autre exemple. Un enfant approche une chaise de la rambarde du balcon, il monte sur la chaise, perd l'équilibre, tombe en arrière et s'inflige une grave blessure en tombant par terre la tête la première. Bien entendu, il crie de douleur. Son père le console en déclarant que ça aurait pu être bien pire. Au lieu de tomber en arrière, il aurait pu tomber en avant et dégringoler huit étages jusqu'à l'atterrissage fatal sur le trottoir en bas. « Réjouis-toi d'être en vie et de pouvoir sentir à quel point tu as mal. »

Bien souvent, ces consolations ne suffisent pas à faire taire le petit emmerdeur. Bien au contraire, elles ne font que l'effrayer davantage et les adultes passent à la méthode comparative : ils remontent une manche ou une jambe de pantalon, soulèvent une chemise pour dévoiler à l'enfant une vieille cicatrice hideuse. Ils lui racontent comment ils se sont ouvert le bras ou la jambe ou le ventre en trébuchant sur un clou rouillé. Ou comment ils se sont cassé le fémur dans un terrible accident de la route qui a coûté la vie à tous les autres passagers. Ou comment un enfoiré du Hezbollah leur a tiré dessus à bout portant, manquant les toucher au cœur à quelques millimètres près.

En général, à ce stade, l'enfant écoute, fasciné. C'est le moment opportun pour lui dire qu'en comparaison de la douleur ressentie alors, sa douleur à lui n'est rien, zéro, nulle, minuscule, ridicule, et si une douleur aussi immense que la leur est passée et oubliée – hormis ces fois où ils l'évoquent à titre de comparaison – a fortiori une minuscule douleur de rien du tout comme celle de l'enfant finira bien par passer elle aussi, et bien plus rapidement, qui plus est. Qu'il cesse donc de gémir, seuls ses pleurs lui rappellent encore qu'il a mal.

Et bien que ces deux méthodes ne parviennent généralement pas à calmer les enfants dont la souffrance est toujours moins importante que celle de leurs parents lorsqu'ils étaient enfants, les adultes y ont cependant recours depuis la nuit des temps et jusqu'à nos jours. On est amené à en conclure que personne n'apprend jamais rien des enseignements de l'Histoire, sans quoi les adultes se souviendraient que leurs parents n'étaient pas parvenus à les calmer à l'aide de ces méthodes lorsqu'ils étaient eux-mêmes enfants et ils s'efforceraient d'en inventer d'autres pour consoler leurs propres enfants.

En y repensant, je constate que ces deux méthodes ont un corollaire, à savoir l'introduction de la notion d'avenir : ce qui t'est arrivé n'est rien en comparaison de ce qui m'arrivera à moi, ou à nous, ou au monde entier, *dans le futur*.

Je découvris l'existence de ce corollaire lors de l'excursion que nous entreprîmes, en compagnie de Papy et Mamie, vers les plantations, à la frontière des territoires disons A et B – ou peut-être était-ce à la frontière des territoires B et C, je ne sais plus trop, avec toutes ces divisions de notre patrie bien-aimée. Au lieu d'effacer les anciennes frontières, on ne fait qu'en tracer de nouvelles, érigeant encore et encore barrières et séparations.

Pendant le trajet, Papy employa précisément cet argument, afin de consoler Papa. Il lui parla de l'avenir menaçant qui nous attendait tous d'ici quelques milliards d'années. La Terre se refroidirait et les banquises des deux hémisphères se rapprocheraient l'une de l'autre. La couche de glace atteindrait une centaine de mètres et, dans sa progression, détruirait tout sur son passage. Même des villes gigantesques, pleines de gratte-ciel, comme Chicago ou New York, seraient anéanties comme de simples termitières par un gigantesque bulldozer et réduites en miettes minuscules. Les rares humains qui réussiraient à survivre à l'offensive mortelle des glaces – qui auront alors recouvert plus des deux tiers de la surface du globe – se concentreront sur une mince frange de terre, à l'équateur, où le climat sera un peu plus supportable. Mais l'affluence de réfugiés entraînera une densité de population terrifiante. Des guerres et des épidémies éclateront, parce que l'étroit territoire habitable ne suffira pas à accueillir tout le monde.

Puis, lorsque la planète aura retrouvé un certain équilibre écologique et que les hommes connaîtront une vie meilleure, la Terre commencera à se réchauffer. Les banquises des deux hémisphères se mettront à fondre, et le niveau des océans s'élèvera, recouvrant d'immenses surfaces de la Terre.

Et tout cela n'est encore rien. Quelques milliards d'années plus tard, une terrible vague de chaleur se fera sentir, à la suite de l'explosion du Soleil. Les températures monteront progressivement jusqu'à atteindre les 50 ou 60 degrés, voire davantage, et la Terre se transformera en fournaise. Le ciel prendra une teinte gris jaune et l'oxygène se fera de plus en plus rare. Et de même que les pères de nos pères sortirent des mers pour gagner la terre, il y a plusieurs centaines de millions d'années, passant du stade de poissons à celui d'êtres capables de courir et de ramper, puis à celui de mammifères, de même, dans le futur décrit par Papy, le mouvement inverse s'amorcera. Seuls survivront ceux qui sauront s'adapter à la vie maritime. Les premières espèces à disparaître seront les mammifères et les végétaux, suivis des oiseaux et des reptiles, puis, enfin, tous les autres. Seules quelques espèces résistantes de mollusques subsisteront encore sur la frange de terre désolée qui les séparent de la mer. Occupées à chasser et se reproduire dans la hâte, elles n'effectueront que de brèves sorties, avant de regagner rapidement la mer ou les crevasses humides entre les rochers.

Cet enfer brûlant ne subsistera pas bien longtemps, parce que au fur et à mesure de l'explosion du Soleil, les températures grimperont, provoquant l'évaporation rapide des océans qui disparaîtront bien vite à leur tour, en quelques milliards d'années, laissant derrière eux des déserts de basalte et de sel. Seules survivront les algues et les créatures unicellulaires par lesquelles la vie a commencé, à l'aube des temps, tels les stromatolites et les akritarques.

« C'est comme pour la Histadrout, poursuivit Papy, l'ordre d'extinction des espèces à la surface de la terre ressemble un peu à l'ordre des préséances à l'époque des dinosaures, lorsque le Mapai[1]

1. Parti travailliste israélien fondé en 1930 par David Ben Gourion et Golda Meir.

contrôlait encore la Histadrout[1] et le gouvernement : dernier entré, premier sorti, peu importe l'intelligence, l'éducation ou le talent, l'ancienneté primait sur tout. »

Il scruta chacun de nous, afin d'évaluer l'impact de sa vision pessimiste quant à notre avenir commun. À l'exception de Papa, qui était déjà déprimé auparavant, il avait réussi à gâcher l'humeur de tout le monde.

« Pourquoi nous racontes-tu de telles horreurs un jour de fête ? demanda Mamie.

– Pour relativiser un peu les choses », répondit-il en jetant un œil à Papa, qui était assis à l'arrière, près de la fenêtre ouverte, afin de laisser sortir son arbre, l'habitacle de la voiture étant désormais trop exigu pour le contenir.

« Si le monde entier va être anéanti, pourquoi devons-nous aller faire toutes ces plantations ? demanda prudemment Noga.

– Pour qu'ils sachent que ce territoire est à nous et pas à eux, répliqua Mamie, qui militait contre le retrait des territoires orchestré par l'équipe de perdants de Kadima[2] et Haavoda[3].

– Mais qu'est-ce que ça change, puisque le Soleil va tout brûler de toute façon ? s'entêta Noga.

– Peu importe ce que le Soleil va faire ou non. L'important c'est ce que les Juifs vont faire et en

1. Principal syndicat de travailleurs israélien, créé en 1920 par David Ben Gourion.

2. Parti politique israélien centriste créé en 2005 sous l'impulsion d'Ariel Sharon.

3. Parti travailliste israélien.

plus, si nous plantons davantage d'arbres en Israël, nous aurons davantage d'ombre pour nous protéger de l'explosion du Soleil de Papy. »

Noga jeta un regard à Papy, afin qu'il corrobore la thèse écologique de son épouse, mais il se contenta de secouer la tête et déclara qu'il ne fallait pas prendre les enfants pour des idiots.

Mamie changea aussitôt de tactique et expliqua que Papy parlait d'événements qui ne se produiraient que dans quelques milliards de milliards d'années. Ce qui nous importait à nous, c'était ce qui se produirait dans les générations futures, c'est-à-dire celle de Noga, de ses enfants, petits-enfants, arrière-petits-enfants et arrière-arrière-petits-enfants. Même avec tout ça, on n'arrivait pas à deux cents ans, alors à quoi bon s'inquiéter au sujet d'événements qui se produiraient bien des années plus tard ?

« En outre, si nous ne nous rendons pas sur les plantations, nos descendants n'auront pas de place dans ce pays. Un véritable peuple, fier et la tête haute, ne renonce pas à la terre de ses ancêtres, conclut Mamie.

– Et pourtant, au bout du compte, tout sera brûlé, répliqua Noga, qui continuait à tenir tête à Mamie.

– Même cent sages ne sauraient repêcher la pierre qu'un imbécile a jeté au fond d'un puits. Pourquoi t'es-tu senti obligé de mettre de telles âneries dans la tête de ta petite-fille ? demanda Mamie, en jetant un regard plein de colère à son mari. Elle avait besoin de ça, juste avant la cérémonie ? S'inquiéter de ce qui se produira après le prochain déluge ?

– Il y a ici un homme, qui se trouve par hasard être ton fils et qui fait une tête d'enterrement, comme si le monde venait de s'écrouler. Comme je l'ai déjà dit, je voulais simplement l'aider à relativiser les choses. Avoir un arbre dans l'oreille, ce n'est pas la fin du monde, pas plus que cela ne l'annonce. L'humanité et la Terre peuvent encore s'attendre à plusieurs dizaines de milliers d'années de croissance et de prospérité. De plus, il ne faut pas oublier que d'ici à toutes ces catastrophes, la civilisation humaine aura atteint un tel niveau de maîtrise technologique que nous serons en mesure de nous installer sur d'autres planètes, hors du système solaire, expliqua Papy afin de rassurer Noga, qui semblait très alarmée.

– Et nous emmènerons notre terre avec nous ? demanda-t-elle.

– Lorsque nous aurons trouvé des planètes sur lesquelles nous installer, nous n'en aurons plus besoin et nous pourrons laisser leur Palestine aux Arabes, qu'ils s'étouffent avec ! »

Ces dernières paroles nous mirent de meilleure humeur, mais Papa, qui s'était tu jusqu'à présent, demanda à son père en quoi la perspective de la destruction de la Terre, dans quelque cinq cent milliards d'années, pouvait être de nature à le consoler. Quel rapport y avait-il entre lui et l'éternité ?

« Il ne s'agit pas d'éternité, déclara Papy.

– Pour moi, c'est tout comme, répliqua Papa.

– Tu serais surpris de voir comme le temps passe rapidement, du point de vue scientifique, cent millions d'années ne représentent pas même un clin d'œil à l'échelle de la cosmologie.

– Le clin d'œil du cosmos, mon cul, oui ! rétorqua Papa en faisant trembler les feuilles de son arbre.

– Et tes enfants ne t'intéressent pas davantage ? demanda Mamie avec suspicion.

– Bien sûr qu'ils m'intéressent ! Et leurs enfants aussi et même les petits-enfants de leurs petits-enfants. Mais je ne peux aller que jusque-là, plus ou moins, inutile d'espérer que l'explosion du Soleil me fasse quoi que ce soit. Ça ne me fait ni chaud ni froid.

– Il y aura d'autres catastrophes, plus proches de nous, si ça peut te consoler, déclara Papy, encourageant, comme par exemple l'impact de la comète Swift-Tuttle sur la Terre, le 21 août 2126. Tu sais ce qui se produira alors ?

– Boaz », dit Mamie pour mettre Papy en garde, mais ce dernier était déjà entré dans l'une de ses transes et décrivait avec flamme la progression de cette masse immense, plusieurs millions de millions de tonnes de glace et de roche, et sa collision avec la Terre à 60 000 kilomètres/heure, c'est-à-dire 15 kilomètres/seconde.

« Vous vous rendez compte de la vitesse ? Ce serait comme si on allait de Metula à Eilat en vingt-six secondes environ. Et lorsque cette comète entrera dans notre atmosphère, en fonçant à cette vitesse fantastique, elle déchirera le ciel en deux, déplaçant des milliers de kilomètres cubes d'air, qui déchaîneront des tempêtes à côté desquelles tous les ouragans que nous connaissons ne sont qu'un minuscule *pfff*.

Quelques secondes plus tard, le météore atteindra la Terre et l'ébranlera avec la violence d'une dizaine de milliers de séismes à faire pâlir tous les Richter du monde. L'onde de choc qui en résultera balaiera la surface du globe, emportant tout sur son passage. Rien ne subsistera, rien ! Ni les maisons, ni les arbres, ni les piliers, ni les murs. Les pétroliers, s'il en reste encore – car au rythme de son exploitation actuelle, le pétrole aura peut-être alors disparu – seront projetés dans les airs comme autant d'avions en papier. Au point d'impact du météore, un cirque gigantesque se formera, soulevant tout autour de lui, sur plusieurs kilomètres de hauteur, une ronde de montagnes en feu…

– Mais en quoi cela devrait-il me consoler ? hurla Papa et les feuilles de l'arbre s'agitaient comme si une tempête soufflait à l'intérieur de la voiture.

– Parce que si le monde entier est sur le point d'être anéanti, sans que quiconque ne s'en offusque, tu peux, toi aussi, surmonter ton petit problème. C'est si difficile à comprendre ?

– J'ai un arbre qui me pousse dans l'oreille, bordel, qu'est-ce que j'en ai à faire qu'un météore à la con vienne s'écraser la gueule sur la Terre dans deux cents ans ?!

– Dans cent ans.

– Encore mieux ! » beugla Papa. Il manqua s'étouffer et les branches de l'arbre se tordirent comme si elles étaient sur le point d'avoir une attaque, elles aussi. Maman rappela à Papa ce qu'Abu Rudjum avait dit au sujet des accès de colère qui menaçaient la santé de l'arbre, et Papa se hâta de prendre une grande inspiration afin de se calmer, parce que la dernière chose qu'il lui fallait en ce moment était un arbre en colère dans l'oreille.

Le silence se fit dans la voiture et je me remémorai un poème de Bialik, dont notre prof de littérature à la con nous avait donné des passages à apprendre par cœur. Nos prières n'y avaient rien fait, elle n'avait pas été tuée dans un attentat et je songeai que la strophe « et tout reviendra à la normale, comme si de rien n'était, comme s'il ne s'était rien produit » s'accordait très bien aux effrayantes théories de Papy. Bien que l'intention de Bialik eût été tout autre, naturellement. Chez lui, la terrible catastrophe précède le retour à la normale, puis la vie reprend son cours, comme si rien ne s'était produit, alors que selon Papy, tout commence par être normal et c'est la catastrophe qui vient tout chambouler et ensuite, il n'y a plus rien du tout. À la réflexion, la version de notre poète national est bien préférable, car vous êtes au moins assuré de voir les blessures guérir et les pogroms disparaître à la fin des temps, tandis que chez Papy, la situation va de mal en pis, jusqu'à ce que plus rien ne subsiste.

Se pose alors la question de savoir pourquoi nous avons besoin de tout ce qui fait notre vie, de la poupée Barbie de ma sœur Noga, du nouveau service de table que Maman voulait tellement acheter, de ma collection de cassettes rétro, et pourquoi la chaîne 10 gaspille tant d'argent pour une émission de survie sur les îles de la Perle, si nous n'avons aucune chance d'empêcher ce qui nous attend vraiment. Pourquoi sommes-nous en vie et pourquoi apprenons-nous par cœur des poèmes de Bialik ? Et si, malgré tout, nous parvenions à nous enfuir de la Terre pour nous installer sur une autre planète, pourquoi nous disputer avec les Palestiniens pour chaque bout de terre, comme si c'était eux ou nous, alors que les scientifiques savent pertinemment qu'il ne s'agit ni d'eux ni de nous ?

Nous parvînmes aux plantations avant que toutes ces idées n'aient eu le temps de me donner la nausée. Les autres participants étaient arrivés eux aussi et s'étaient garés sur le côté. Les organisateurs attribuaient aux familles des trous creusés dans la terre. Nombreux furent ceux qui crurent que Papa s'était attaché des branches d'olivier sur la tête pour symboliser le lien indéfectible qui unit les Juifs à cette terre. Il ne leur vint même pas à l'esprit qu'ils se trouvaient face à un cas médical.

La cérémonie débuta par les discours classiques insistant sur le lien éternel qui unit le peuple d'Israël à la terre d'Israël et sur la sainteté de cette terre que nos ancêtres avaient foulée. En concéder une partie à une autorité étrangère revenait à arracher des morceaux de chair à la mère qui nous avait nourris et élevés. Les plantations firent suite aux discours. Papa, qui était mort de fatigue, et qui de plus, pour des raisons évidentes, était exempté de plantation, déclara à Maman qu'il allait se reposer un peu. Nous le vîmes s'allonger assez loin de nous, poser sur le sol le côté droit de sa tête, celui qui était libre, et s'endormir.

Pendant ce temps, nous plantâmes des arbres et célébrâmes les plantations, avant de faire des grillades, de chanter et de danser, le tout pour faire durer les choses jusqu'à ce que l'armée arrive et nous ordonne d'évacuer l'endroit, décrété zone militaire et interdit au public.

À l'arrivée de l'armée, une dispute éclata entre les soldats et Mamie, ainsi que d'autres activistes. Nous tentâmes de leur expliquer que cet endroit était le berceau de notre peuple et que nous nous y étions réunis également pour eux, les soldats. Que l'on ne troquait ni ne divisait une patrie. Nous leur rappelâmes qu'un Juif n'en chasse pas un autre, quand bien même je sais pertinemment que chaque jour ou presque, un Juif en pille, en trompe ou en assassine un autre, sans parler de ce que les Juifs font parfois aux Juives, qui est une abomination.

Mais je ne dis rien de tout cela à Mamie, qui demandait en hurlant au malheureux officier en face d'elle s'il n'avait pas honte de s'adresser ainsi à une femme de son âge, dont les petits-enfants avaient son âge à lui. Bien entendu, elle exagérait, car je suis l'aîné de ses petits-enfants et je n'ai pas encore treize ans. Je voulus aussitôt demander si une Juive avait le droit de mentir à un Juif venu pour la chasser. Mais il s'avéra en fin de compte qu'il était druze, ce dont il était difficile de se rendre compte, parce qu'il se prénommait Tamir et qu'il ressemblait vraiment aux soldats juifs sous ses ordres.

Finalement, après moult disputes, cris, mouvements de foule et invectives, nous acceptâmes de quitter les lieux illico presto, à condition que le Druze nous promette de prendre soin des arbres. Avant de partir, nous allâmes chercher Papa, ce qui plongea l'officier druze dans une colère noire. Il avait déjà assuré à sa hiérarchie s'être rendu maître de la situation et était convaincu qu'il s'agissait là d'une ruse de notre part.

Papa était plongé dans un sommeil tellement profond qu'il n'avait prêté aucune attention à toute l'agitation autour de lui. Lorsque Maman le réveilla en lui disant qu'il nous fallait partir, parce que tout était terminé et que l'armée était là, il ouvrit lentement les yeux, bâilla, nous sourit et voulut se lever. Mais il ne parvint pas à soulever la tête.

« Tu n'arrives pas à te lever ? demanda Maman, effrayée.

– Non. J'ai l'impression d'avoir pris racine.

– L'olivier est certainement un peu trop lourd », expliqua Papy en proposant son aide.

Nous nous plaçâmes tous autour de l'arbre et tentâmes de tirer dessus, afin d'aider Papa à se lever, mais l'arbre ne bougea pas d'un pouce, pas plus que la tête de Papa, très inquiet.

De plus en plus de patriotes ressortaient de leurs voitures pour nous rejoindre, chacun proposant une solution différente. L'un des guides, agronome de métier, se mit à creuser prudemment autour de la tête de Papa et découvrit vite que l'arbre avait pris racine à travers son oreille libre. Voilà pourquoi Papa ne pouvait relever la tête du sol. L'agronome annonça la nouvelle à la ronde par microphone, provoquant une tempête d'applaudissements. Les gens se donnèrent la main pour former une ronde étroite autour de Papa.

Entre-temps, l'officier, accompagné de quelques soldats, s'était approché de Mamie.

« Je croyais que nous avions passé un accord tous les deux, lui dit-il.

– Au vu des récentes évolutions, tous les accords sont annulés, rétorqua-t-elle. Un événement qui nous dépasse, nous et tous les politiques, vient de se produire, plus aucun patriote ne quittera désormais les lieux sans mon fils, là. »

Elle désigna du doigt Papa, planté en terre.

« C'est une plaisanterie, demanda l'officier en jetant un coup d'œil à Papa.

– Non, je suis on ne peut plus sérieuse, dès que la mère patrie est en cause. Voyez par vous-même, si vous voulez. »

Tandis que la foule entonnait allègrement *Al na taakor netua*[1], l'officier se mit en devoir de tirer sur l'arbre, mais davantage que leur chant, ce fut la réaction de l'arbre qui l'impressionna. Ses branches se mirent à bouger frénétiquement, tandis que ses feuilles bruissaient et que son tronc se tordait, comme s'il était pris d'épilepsie. Tant et si bien que l'officier prit peur et décida de s'en remettre à son supérieur.

Ce dernier se présenta sur les lieux une heure plus tard, et, après un bref entretien avec son subalterne, il s'en fut vérifier par lui-même l'incroyable vérité. Pour décider à son tour que cette vérité-là relevait de son supérieur. Lequel arriva dans une voiture un

1. « Ne déracine pas ce qui est planté. » Paroles extraites d'une chanson de Naomi Shemer, chanteuse et compositrice israélienne.

peu plus grande, mais ne sut pas davantage quoi faire et téléphona au commandant de la compagnie, qui arriva flanqué d'un officier du génie militaire censé le conseiller sur la façon d'éradiquer le problème avant que cela ne parvienne aux oreilles des autorités palestiniennes.

Le soir même, plusieurs camions emplis de projecteurs arrivèrent sur les lieux, ainsi que des équipes de télévision et des centaines de curieux. Le commandant de la région militaire convoqua un sommet extraordinaire de cultivateurs d'oliviers, qui creusèrent la terre et examinèrent la situation, sans pour autant pouvoir livrer aucune explication, et encore moins une solution.

Pendant ce temps, les racines de l'olivier de Papa s'étaient fichées plus profondément encore dans la terre et, puisque toute tentative de déraciner l'arbre à l'aide d'un bulldozer aurait fait exploser la tête de Papa, un forum de rabbins, réunis autour de la question des frontières du royaume de David, décréta que le miracle qui se produisait sous leurs yeux, à savoir un Juif attaché à la terre, tel un arbre planté sur un cours d'eau, était un message envoyé directement par Dieu, effrayé à l'idée de voir la terre de nos ancêtres passer aux mains d'une puissance étrangère. Par l'intermédiaire de Papa et de l'olivier, Il parlait, disant : « Et en ce jour-là, il se trouvera un descendant de Jessé, qui se lèvera telle la bannière des peuples, et les nations se tourneront vers lui et le descendant des Justes ne vacillera pas. »

Au matin, ce furent les écolos qui arrivèrent sur les lieux et exigèrent que le terrain soit transformé en réserve naturelle. Puis, ce fut au tour du représentant du pape de se présenter, demandant à ce que soit vérifiée l'éventuelle origine chrétienne de notre famille, auquel cas il faudrait sanctifier Papa. Sa visite poussa le ministre de la Défense à se déplacer pour juger de l'impact politique de toute cette affaire.

Le chef de la sécurité palestinienne se présenta sur ces entrefaites, pour s'assurer qu'il ne s'agissait pas d'un coup médiatique pour empêcher la restitution du territoire à leur autorité.

Arrivèrent ensuite sur les lieux un représentant du chef des Nations Unies, Al Gore (impressionné par cette manifestation écologique novatrice, qui annonçait peut-être une symbiose plus équilibrée qu'à l'heure actuelle), des scientifiques, des membres de sectes messianiques, des curieux, des touristes, en bref, le monde entier.

Au bout d'une semaine, afin d'éviter les initiatives sauvages de promoteurs privés, les autorités de protection de la nature et des parcs nationaux érigèrent une clôture autour du territoire, construisirent un portail et installèrent une caisse, afin de percevoir un prix d'entrée pour la visite du site.

Pour l'heure, le territoire resterait entre les mains des Israéliens, jusqu'à ce qu'une solution viable soit trouvée. Quelques propositions furent lancées, telles que l'établissement d'une souveraineté commune ou internationale, mais la droite, Mamie en tête, les repoussa systématiquement, décrétant que « toute terre sur laquelle un Juif est planté nous appartient à nous, à tout jamais ».

12

Last but not least

Ma mère, qui enseigne la littérature au lycée, affirme qu'un récit, contrairement à la vie réelle, doit comporter au moins quatre éléments : un début, un milieu, une fin et une chute.

J'ignore par conséquent si ce que je vous ai raconté jusqu'à présent peut être considéré comme un récit, dépourvu pour l'instant de fin, et à plus forte raison de chute.

Je m'arrête environ à la moitié de mon récit, et je dis « environ », parce qu'on ne peut jamais être sûr de se trouver réellement « à la moitié ». Imaginez-vous un homme de vingt-cinq ans, qui, tout en sifflotant gaiement, se promènerait dans la rue, pensant à quel point il est agréable d'avoir vingt-cinq ans. Pensant également qu'il lui reste au moins vingt-cinq années de vie d'adulte, suivies de vingt-cinq années de vieillesse bienheureuse. Lorsque soudain le bac à fleurs d'une amoureuse de la nature, qui ne brille pas par la solidité de son système de fixation, se détache du balcon du troisième étage. Pour cet homme, nul miracle. Il n'a pas même fini de penser qu'il n'est pas encore parvenu à la moitié de sa vie, que, *bam*, le voilà déjà arrivé en bout de course.

D'un autre côté, la vie de cet homme prouve que même le fait d'être fauché en plein vol est assimilable à une sorte de fin, un peu comme une vie qui, coupée en pleine jeunesse, serait parvenue à son terme.

Le cas de Papa me rappelle celui d'Ariel Sharon, lorsque ce dernier s'est endormi. Au début, alors qu'il venait tout juste d'être admis à l'hôpital, on ne cessait de parler de lui. Toutes les heures, un médecin annonçait que son état était un peu plus mauvais qu'avant, mais meilleur que ce qu'il aurait pu être et que les médecins espéraient que son état finirait par être meilleur que ce qu'il était avant d'empirer, si on ne lui avait pas fait ce qu'on lui avait fait.

Le médecin suivant expliquait que le médecin précédent n'avait pas été suffisamment précis et que son état était meilleur que ce qu'il aurait pu être si on ne lui avait pas administré ce qu'on lui avait administré. Les choses continuèrent ainsi un mois durant, jusqu'à ce que les médecins annoncent que l'état de Sharon était sérieux, mais stable. Et dès l'instant où son état fut déclaré sérieux mais stable, plus personne ne s'y intéressa. Comment peut-on s'intéresser à ce qui arrive à un homme auquel plus rien n'arrive ? Ce n'est qu'à sa mort que tous s'intéresseront certainement de nouveau à lui, sans bien savoir pourquoi. D'après ce que j'ai compris, entre son état actuel et son état après sa mort, la différence est mince, si mince qu'il sera difficile de faire la différence.

Mon père connaît, peu ou prou, une situation similaire, non à cause de son état de santé – qui est tout à fait florissant –, mais du fait de l'intérêt que suscite son cas. À l'heure actuelle, tout le monde s'étant habitué à son étrange situation, il a cessé d'être une attraction. On s'habitue apparemment à tout, même à avoir un père transformé en site national.

Je pense que dès l'instant qu'il se produira quelque chose de nouveau – par exemple, si l'État venait à nous réclamer les olives que nous aurons cueillies sur Papa – l'intérêt pour ce dernier se réveillera. Mais qui sait quand cela se produira ?

Il est impossible de poursuivre un récit qui est parvenu à une certaine stabilité, même si la situation de son héros continue d'être sérieuse. Je m'arrêterai donc ici. Et si, malgré tout, il devait se produire quelque chose d'extraordinaire, vous le verrez à la télévision.

Table

RÉALISATION : IGS-CP À L'ISLE-D'ESPAGNAC
IMPRESSION : CPI BRODARD ET TAUPIN À LA FLÈCHE
DÉPÔT LÉGAL : JANVIER 2013. N° 109150 (70757)
IMPRIMÉ EN FRANCE

DERNIERS TITRES PARUS

P2693. Doublez votre mémoire. Journal graphique
Philippe Katerine
P2694. Comme un oiseau dans la tête.
Poèmes choisis, *René Guy Cadou*
P2696. La Dernière Frontière, *Philip Le Roy*
P2697. Country blues, *Claude Bathany*
P2698. Le Vrai Monde, *Natsuo Kirino*
P2699. L'Art et la manière d'aborder son chef de service pour lui demander une augmentation, *Georges Perec*
P2700. Dessins refusés par le *New Yorker*, *Matthew Diffee*
P2701. Life, *Keith Richards*
P2702. John Lennon, une vie, *Philip Norman*
P2703. Le Dernier Paradis de Manolo, *Alan Warner*
P2704. L'Or du Maniéma, *Jean Ziegler*
P2705. Le Cosmonaute, *Philippe Jaenada*
P2706. Donne-moi tes yeux, *Torsten Pettersson*
P2707. Premiers Romans, *Katherine Pancol*
P2708. Off. Ce que Nicolas Sarkozy n'aurait jamais dû nous dire
Nicolas Domenach, Maurice Szafran
P2709. Le Meurtrier de l'Avent, *Thomas Kastura*
P2710. Le Club, *Leonard Michaels*
P2711. Le Vérificateur, *Donald Antrim*
P2712. Mon patient Sigmund Freud, *Tobie Nathan*
P2713. Trois explications du monde, *Tom Keve*
P2714. Petite sœur, mon amour, *Joyce Carol Oates*
P2715. Shim Chong, fille vendue, *Hwang Sok Yong*
P2716. La Princesse effacée, *Alexandra de Broca*
P2717. Un nommé Peter Karras, *George P. Pelecanos*
P2718. Haine, *Anne Holt*
P2719. Les jours s'en vont comme des chevaux sauvages dans les collines, *Charles Bukowski*

P2720. Ma grand-mère avait les mêmes.
Les dessous affriolants des petites phrases
Philippe Delerm
P2721. Mots en toc et formules en tic. Petites maladies du parler d'aujourd'hui, *Frédéric Pommier*
P2722. Les 100 plus belles récitations de notre enfance
P2723. Chansons. L'Intégrale, *Charles Aznavour*
P2724. Vie et opinions de Maf le chien et de son amie Marilyn Monroe, *Andrew O'Hagan*
P2725. Sois près de moi, *Andrew O'Hagan*
P2726. Le Septième Fils, *Arni Thorarinsson*
P2727. La Bête de miséricorde, *Fredric Brown*
P2728. Le Cul des anges, *Benjamin Legrand*
P2729. Cent seize Chinois et quelque, *Thomas Heams-Ogus*
P2730. Conversations avec moi-même.
Lettres de prison, notes et carnets intimes
Nelson Mandela
P2731. L'Inspecteur Ali et la CIA, *Driss Chraïbi*
P2732. Ce délicieux Dexter, *Jeff Lindsay*
P2733. Cinq femmes et demie, *Francisco González Ledesma*
P2734. Ils sont devenus français, *Doan Bui, Isabelle Monnin*
P2735. D'une Allemagne à l'autre. Journal de l'année 1990
Günter Grass
P2736. Le Château, *Franz Kafka*
P2737. La Jeunesse mélancolique et très désabusée d'Adolf Hitler
Michel Folco
P2738. L'Enfant des livres, *François Foll*
P2739. Karitas, livre I – L'esquisse d'un rêve
Kristín Marja Baldursdóttir
P2740. Un espion d'hier et de demain, *Robert Littell*
P2741. L'Homme inquiet, *Henning Mankell*
P2742. La Petite Fille de ses rêves, *Donna Leon*
P2743. La Théorie du panda, *Pascal Garnier*
P2744. La Nuit sauvage, *Terri Jentz*
P2745. Les Lieux infidèles, *Tana French*
P2746. Vampires, *Thierry Jonquet*
P2747. Eva Moreno, *Håkan Nesser*
P2748. La 7e victime, *Alexandra Marinina*
P2749. Mauvais fils, *George P. Pelecanos*
P2750. L'espoir fait vivre, *Lee Child*
P2751. La Femme congelée, *Jon Michelet*
P2752. Mortelles Voyelles, *Gilles Schlesser*
P2753. Brunetti passe à table. Recettes et récits
Roberta Pianaro et Donna Leon

P2754. Les Leçons du Mal, *Thomas Cook*
P2755. Joseph sous la pluie. Roman, poèmes, dessins
Mano Solo
P2756. Le Vent de la Lune, *Antonio Muñoz Molina*
P2757. Ouvrière, *Franck Magloire*
P2758. Moi aussi un jour, j'irai loin, *Dominique Fabre*
P2759. Cartographie des nuages, *David Mitchell*
P2760. Papa et maman sont morts, *Gilles Paris*
P2761. Caravansérail, *Charif Majdalani*
P2762. Les Confessions de Constanze Mozart
Isabelle Duquesnoy
P2763. Esther Mésopotamie, *Catherine Lépront*
P2764. L'École des Absents, *Patrick Besson*
P2765. Le Livre des brèves amours éternelles, *Andreï Makine*
P2766. Un long silence, *Mikal Gilmore*
P2767. Les Jardins de Kensington, *Rodrigo Fresán*
P2768. Samba pour la France, *Delphine Coulin*
P2769. Danbé, *Aya Cissoko et Marie Desplechin*
P2770. Wiera Gran, l'accusée, *Agata Tuszyńska*
P2771. Qui a tué l'écologie ?, *Fabrice Nicolino*
P2772. Rosa Candida, *Audur Ava Olafsdóttir*
P2773. Otage, *Elie Wiesel*
P2774. Absurdistan, *Gary Shteyngart*
P2775. La Geste des Sanada, *Yasushi Inoué*
P2776. En censurant un roman d'amour iranien
Shahriar Mandanipour
P2777. Un café sur la Lune, *Jean-Marie Gourio*
P2778. Caïn, *José Saramago*
P2779. Le Triomphe du singe-araignée, *Joyce Carol Oates*
P2780. Faut-il manger les animaux ?, *Jonathan Safran Foer*
P2781. Les Enfants du nouveau monde, *Assia Djebar*
P2782. L'Opium et le Bâton, *Mouloud Mammeri*
P2783. Cahiers de poèmes, *Emily Brontë*
P2784. Quand la nuit se brise. Anthologie de poésie algérienne
P2785. Tibère et Marjorie, *Régis Jauffret*
P2786. L'Obscure Histoire de la cousine Montsé, *Juan Marsé*
P2787. L'Amant bilingue, *Juan Marsé*
P2788. Jeux de vilains, *Jonathan Kellerman*
P2789. Les Assoiffées, *Bernard Quiriny*
P2790. Les anges s'habillent en caillera, *Rachid Santaki*
P2791. Yum Yum Book, *Robert Crumb*
P2792. Le Casse du siècle, *Michael Lewis*
P2793. Comment Attila Vavavoom remporta la présidentielle
avec une seule voix d'avance, *Jacques Lederer*
P2794. Le Nazi et le Barbier, *Edgar Hilsenrath*

P2795. Chants berbères de Kabylie, *Jean Amrouche*
P2796. Une place au soleil, *Driss Chraïbi*
P2797. Le Rouge du tarbouche, *Abdellah Taïa*
P2798. Les Neuf Dragons, *Michael Connelly*
P2799. Le Mécano du vendredi
(illustrations de Jacques Ferrandez), *Fellag*
P2800. Le Voyageur à la mallette *suivi de* Le Vieux Quartier
Naguib Mahfouz
P2801. Le Marquis des Éperviers, *Jean-Paul Desprat*
P2802. Spooner, *Pete Dexter*
P2803. « Merci d'avoir survécu », *Henri Borlant*
P2804. Secondes noires, *Karin Fossum*
P2805. Ultimes Rituels, *Yrsa Sigurdardottir*
P2806. Le Sourire de l'agneau, *David Grossman*
P2807. Le garçon qui voulait dormir, *Aharon Appelfeld*
P2808. Frontière mouvante, *Knut Faldbakken*
P2809. Je ne porte pas mon nom, *Anna Grue*
P2810. Tueurs, *Stéphane Bourgoin*
P2811. La Nuit de Geronimo, *Dominique Sylvain*
P2812. Mauvais Genre, *Naomi Alderman*
P2813. Et l'âne vit l'ange, *Nick Cave*
P2814. Les Yeux au ciel, *Karine Reysset*
P2815. Un traître à notre goût, *John le Carré*
P2816. Les Larmes de mon père, *John Updike*
P2817. Minuit dans une vie parfaite, *Michael Collins*
P2818. Aux malheurs des dames, *Lalie Walker*
P2819. Psychologie du pingouin et autres considérations
scientifiques, *Robert Benchley*
P2820. Petit traité de l'injure. Dictionnaire humoristique
Pierre Merle
P2821. L'Iliade, *Homère*
P2822. Le Roman de Bergen. 1950 Le Zénith – tome III
Gunnar Staalesen
P2823. Les Enquêtes de Brunetti, *Donna Leon*
P2824. Dernière Nuit à Twisted River, *John Irving*
P2825. Été, *Mons Kallentoft*
P2826. Allmen et les libellules, *Martin Suter*
P2827. Dis camion, *Lisemai*
P2828. La Rivière noire, *Arnaldur Indridason*
P2829. Mary Ann en automne. Chroniques de San Francisco,
épisode 8, *Armistead Maupin*
P2830. Les Cendres froides, *Valentin Musso*
P2831. Les Compliments. Chroniques, *François Morel*
P2832. Bienvenue à Oakland, *Eric Miles Williamson*
P2833. Tout le cimetière en parle, *Marie-Ange Guillaume*

P2834. La Vie éternelle de Ramsès II, *Robert Solé*
P2835. Nyctalope ? Ta mère. Petit dictionnaire loufoque des mots savants, *Tristan Savin*
P2836. Les Visages écrasés, *Marin Ledun*
P2837. Crack, *Tristan Jordis*
P2838. Fragments. Poèmes, écrits intimes, lettres, *Marilyn Monroe*
P2839. Histoires d'ici et d'ailleurs, *Luis Sepúlveda*
P2840. La Mauvaise Habitude d'être soi *Martin Page, Quentin Faucompré*
P2841. Trois semaines pour un adieu, *C.J. Box*
P2842. Orphelins de sang, *Patrick Bard*
P2843. La Ballade de Gueule-Tranchée, *Glenn Taylor*
P2844. Cœur de prêtre, cœur de feu, *Guy Gilbert*
P2845. La Grande Maison, *Nicole Krauss*
P2846. 676, *Yan Gérard*
P2847. Betty et ses filles, *Cathleen Schine*
P2848. Je ne suis pas d'ici, *Hugo Hamilton*
P2849. Le Capitalisme hors la loi, *Marc Roche*
P2850. Le Roman de Bergen. 1950 Le Zénith – tome IV *Gunnar Staalesen*
P2851. Pour tout l'or du Brésil, *Jean-Paul Delfino*
P2852. Chamboula, *Paul Fournel*
P2853. Les Heures secrètes, *Élisabeth Brami*
P2854. J.O., *Raymond Depardon*
P2855. Freedom, *Jonathan Franzen*
P2856. Scintillation, *John Burnside*
P2857. Rouler, *Christian Oster*
P2858. Accabadora, *Michela Murgia*
P2859. Kampuchéa, *Patrick Deville*
P2860. Les Idiots (petites vies), *Ermanno Cavazzoni*
P2861. La Femme et l'Ours, *Philippe Jaenada*
P2862. L'Incendie du Chiado, *François Vallejo*
P2863. Le Londres-Louxor, *Jakuta Alikavazovic*
P2864. Rêves de Russie, *Yasushi Inoué*
P2865. Des garçons d'avenir, *Nathalie Bauer*
P2866. La Marche du cavalier, *Geneviève Brisac*
P2867. Cadrages & Débordements *Marc Lièvremont (avec Pierre Ballester)*
P2868. Automne, *Mons Kallentoft*
P2869. Du sang sur l'autel, *Thomas Cook*
P2870. Le Vingt et Unième cas, *Håkan Nesser*
P2871. Nous, on peut. Manuel anticrise à l'usage du citoyen *Jacques Généreux*
P2872. Une autre jeunesse, *Jean-René Huguenin*

P2873. L'Amour d'une honnête femme, *Alice Munro*
P2874. Secrets de Polichinelle, *Alice Munro*
P2875. Histoire secrète du Costaguana, *Juan Gabriel Vásquez*
P2876. Le Cas Sneijder, *Jean-Paul Dubois*
P2877. Assommons les pauvres !, *Shumona Sinha*
P2878. Brut, *Dalibor Frioux*
P2879. Destruction massive. Géopolitique de la faim
Jean Ziegler
P2880. Une petite ville sans histoire, *Greg Iles*
P2881. Intrusion, *Natsuo Kirino*
P2882. Tatouage, *Manuel Vázquez Montalbán*
P2883. D'une porte l'autre, *Charles Aznavour*
P2884. L'Intégrale Gainsbourg. L'histoire de toutes ses chansons
Loïc Picaud, Gilles Verlant
P2885. Hymne, *Lydie Salvayre*
P2886. B.W., *Lydie Salvayre*
P2887. Les Notaires. Enquête sur la profession la plus puissante de France, *Laurence de Charette, Denis Boulard*
P2888. Le Dépaysement. Voyages en France
Jean-Christophe Bailly
P2889. Les Filles d'Allah, *Nedim Gürsel*
P2890. Les Yeux de Lira, *Eva Joly et Judith Perrignon*
P2891. Recettes intimes de grands chefs, *Irvine Welsh*
P2892. Petit Lexique du petit, *Jean-Luc Petitrenaud*
P2893. La Vie sexuelle d'un islamiste à Paris, *Leïla Marouane*
P2894. Ils sont partis avec panache. Les dernières paroles, de Jules César à Jimi Hendrix, *Michel Gaillard*
P2896. Le Livre de la grammaire intérieure, *David Grossman*
P2897. Philby. Portrait de l'espion en jeune homme
Robert Littell
P2898. Jérusalem, *Gonçalo M. Tavares*
P2899. Un capitaine sans importance, *Patrice Franceschi*
P2900. Grenouilles, *Mo Yan*
P2901. Lost Girls, *Andrew Pyper*
P2902. Satori, *Don Winslow*
P2903. Cadix, ou la diagonale du fou, *Arturo Pérez-Reverte*
P2904. Cranford, *Elizabeth Gaskell*
P2905. Les Confessions de Mr Harrison, *Elizabeth Gaskell*
P2906. Jón l'Islandais, *Bruno d'Halluin*
P2907. Journal d'un mythomane, vol. 1, *Nicolas Bedos*
P2908. Le Roi prédateur, *Catherine Graciet et Éric Laurent*
P2909. Tout passe, *Bernard Comment*
P2910. Paris, mode d'emploi. Bobos, néo-bistro, paniers bio et autres absurdités de la vie parisienne
Jean-Laurent Cassely

P2911. J'ai réussi à rester en vie, *Joyce Carol Oates*
P2912. Folles nuits, *Joyce Carol Oates*
P2913. L'Insolente de Kaboul, *Chékéba Hachemi*
P2914. Tim Burton : entretiens avec Mark Salisbury
P2915. 99 proverbes à foutre à la poubelle, *Jean-Loup Chiflet*
P2916. Les Plus Belles Expressions de nos régions
Pascale Lafitte-Certa
P2917. Petit dictionnaire du français familier.
2000 mots et expressions, d'« avoir la pétoche »
à « zigouiller », *Claude Duneton*
P2918. Les Deux Sacrements, *Heinrich Böll*
P2919. Le Baiser de la femme-araignée, *Manuel Puig*
P2920. Les Anges perdus, *Jonathan Kellerman*
P2921. L'Humour des chats, *The New Yorker*
P2922. Les Enquêtes d'Erlendur, *Arnaldur Indridason*
P2923. Intermittence, *Andrea Camilleri*
P2924. Betty, *Arnaldur Indridason*
P2925. Grand-père avait un éléphant
Vaikom Muhammad Basheer
P2926. Les Savants, *Manu Joseph*
P2927. Des saisons au bord de la mer, *François Maspero*
P2928. Le Poil et la Plume, *Anny Duperey*
P2929. Ces 600 milliards qui manquent à la France
Antoine Peillon
P2930. Pensées pour moi-même. Le livre autorisé de citations
Nelson Mandela
P2931. Carnivores domestiques (illustrations d'OlivSteen)
Erwan Le Créac'h
P2932. Tes dernières volontés, *Laura Lippman*
P2933. Disparues, *Chris Mooney*
P2934. La Prisonnière de la tour, *Boris Akounine*
P2935. Cette vie ou une autre, *Dan Chaon*
P2936. Le Chinois, *Henning Mankell*
P2937. La Femme au masque de chair, *Donna Leon*
P2938. Comme neige, *Jon Michelet*
P2939. Par amitié, *George P. Pelecanos*
P2940. Avec le diable, *James Keene, Hillel Levin*
P2941. Les Fleurs de l'ombre, *Steve Mosby*
P2942. Double Dexter, *Jeff Lindsay*
P2943. Vox, *Dominique Sylvain*
P2944. Cobra, *Dominique Sylvain*
P2945. Au lieu-dit Noir-Étang..., *Thomas Cook*
P2946. La Place du mort, *Pascal Garnier*
P2947. Terre des rêves (La trilogie du Minnesota, tome 1)
Vidar Sundstøl

P2948. Les Mille Automnes de Jacob de Zoet, *David Mitchell*
P2949. La Tuile de Tenpyô, *Yasushi Inoué*
P2950. Claustria, *Régis Jauffret*
P2951. L'Adieu à Stefan Zweig, *Belinda Cannone*
P2952. Là où commence le secret, *Arthur Loustalot*
P2953. Le Sanglot de l'homme noir, *Alain Mabanckou*
P2954. La Zonzon, *Alain Guyard*
P2955. L'éternité n'est pas si longue, *Fanny Chiarello*
P2956. Mémoires d'une femme de ménage
Isaure (en collaboration avec Bertrand Ferrier)
P2957. Je suis faite comme ça, *Juliette Gréco*
P2958. Les Mots et la Chose. Trésors du langage érotique
Jean-Claude Carrière
P2959. Ransom, *Jay McInerney*
P2960. Little Big Bang, *Benny Barbash*
P2961. Vie animale, *Justin Torres*
P2962. Enfin, *Edward St Aubyn*
P2963. La Mort muette, *Volker Kutscher*
P2964. Je trouverai ce que tu aimes, *Louise Doughty*
P2965. Les Sopranos, *Alan Warner*
P2966. Les Étoiles dans le ciel radieux, *Alan Warner*
P2967. Méfiez-vous des enfants sages, *Cécile Coulon*
P2968. Cheese Monkeys, *Chip Kidd*
P2969. Pommes, *Richard Milward*
P2970. Paris à vue d'œil, *Henri Cartier-Bresson*
P2971. Bienvenue en Transylvanie, *collectif*
P2972. Super triste histoire d'amour, *Gary Shteyngart*
P2973. Les Mots les plus méchants de l'Histoire
Bernadette de Castelbajac
P2974. La femme qui résiste, *Anne Lauvergeon*
P2975. Le Monarque, son fils, son fief
Marie-Célie Guillaume
P2976. Écrire est une enfance, *Philippe Delerm*
P2977. Le Dernier Français, *Abd Al Malik*
P2978. Il faudrait s'arracher le cœur, *Dominique Fabre*
P2979. Dans la grande nuit des temps, *Antonio Muñoz Molina*
P2980. L'Expédition polaire à bicyclette, *Robert Benchley*
P2981. Karitas, livre II – L'art de la vie
Kristín Marja Baldursdóttir
P2982. Parlez-moi d'amour, *Raymond Carver*
P2983. Tais-toi, je t'en prie, *Raymond Carver*
P2984. Débutants, *Raymond Carver*
P2985. Calligraphie des rêves, *Juan Marsé*
P2986. Juste être un homme, *Craig Davidson*
P2987. Les Strauss-Kahn, *Raphaëlle Bacqué, Ariane Chemin*